illustration KUMIKO SASAKI

「安心しろ。挿れねぇでやるから」

「え？　あ……、は、あっ」

ぬる、と硬く熱いものが、先ほどまで指を入れられていた場所の出入り口を滑る。

素股、という単語が浮かんだ瞬間、未月の頭は羞恥と混乱で真っ白になった。

ヌードと恋と家庭訪問
Nude,Love,and Home visit

朝香りく
RIKU ASAKA presents

KAIOHSHA ガッシュ文庫

イラスト★佐々木久美子

CONTENTS

★本作品の内容はすべてフィクションです。
実在の人物・地名・団体・事件などとは一切関係ありません。

「うう……」

――なんなんだ、この状況は！　生徒の父兄の前で尻《しり》を出すなんて、絶対にありえない！

ありえないことをやらざるをえない状況に、未月《みつき》は激しい混乱と困惑の真っ只中《ただなか》にいた。

シャツを棚の中の籠《かご》に入れ、下着を脱ごうとしたものの、そこでぴたりとゴムにかけた手が止まってしまっている。

「おい、早くしろ。服を脱ぐだけのことに、何時間かけようってんだ。ストリップでもしてるつもりか」

コンクリート打ちっぱなしの、だだっ広い部屋の中央。

背もたれなしの白い長椅子《いす》に、自堕落《じだらく》に座っている男が、こちらの心境などお構いなく、揶揄《やゆ》するような声で急《せ》かしてきた。

初対面の男の前で丸裸になる羞恥《しゅうち》と必死に戦っていた未月は、我慢できずに言い返す。

「い、いくらなんでも、その言い草は失礼じゃないか！　こっちは素人《しろうと》なんだし、こんなことは初めてなんだ！」

「ああ？　まだ服を脱いでるだけだってのに、素人もクソもないだろうが。可愛《かわい》い生徒のために、その程度のこともできねぇってのか」

バカにしたように言われて、腹が立って仕方がない。

――資産家だかなんだか知らないが、何様のつもりだ偉《えら》そうに。自己中の変人め！

心の中で毒づきながら男を睨《にら》み、未月は唇をぎゅっと噛《か》む。

こんなにまでパンツを脱ぎたくないと思ったのは、二十五年の人生の中で初めてのことだった。

しかし、いつまでもこうしているわけにはいかない。

未月は壁のほうを向いて、すう、と大きく息を吸い込み、思い切って両手を下ろした。足からおずおずと下着を抜き取り、覚悟を決めて男を振り返る。

「よし、さっさとこい」

手招きされて仕方なく、未月は長椅子に近寄っていった。

なにか痛烈な嫌味のひとつも言ってやりたかったのだが、生まれたままの無防備な姿になると、どうにも気持ちまで弱くなる。

サウナでさえタオルを腰に巻くというのに、会ったばかりの男の前でぶらぶらさせているのは抵抗があるが、手で隠して歩くのも、なんだか余計にみっともない。

といって胸を張って誇れるほどの体格ではなく、未月は情けなく背を丸め、冷たいコンクリートの床をぺたぺたと歩いた。

男の前までいくと鋭い瞳が足の爪先《つまさき》から頭の上まで、じっと全裸の自分を観察するように眺めている。

どう考えても、こいつの思考回路はまともじゃない。

にっ、と凶暴な笑みの形につり上がる男の唇を、未月は怯えながら見つめていた。

今すぐに走り出して、男の前から逃げ出したい。

しかしそれができないのは、なにもかも丸出しだから、という具体的な事実以外に、ある生徒の不登校に原因があった。


――三時間前。


「アッキー、また明日ね。バイバイ」

「ちょっと待って。アッキー、ネクタイ曲がってる」

「ん？　ああ、すまない……」

女子生徒の白い指がネクタイにかかり、シャンプーの香りがふわっと広がる。

放課後の教室内では係が掃除を始め、窓からの陽射《ひざ》しの中にきらきらと埃《ほこり》が舞っていた。

「はい、これで大丈夫」

「あ、ありがとう」

照れて礼を言いながらも、これではいかんと未月は顔を引き締める。

「しかし、アッキーはやめろ。秋谷《あきや》先生と呼びなさい」

「いいじゃん、親しみの表現なんだから」

「だってアッキー、見た目が生徒と変わんないんだもんね」

童顔なのは自覚しているが、未月はこれでも今年二十五歳。

高校二年生の教え子たちに、生徒と変わらないと言われるのは心外だ。

「お前たちだって、教師に見た目で呼び方を左右されたら嫌だろう。他人にされて嫌なことは、自分もやめるべきじゃないのか」

たしなめても女子高生たちは悪びれずに、仕方ないなあという顔をする。

「じゃあ、アッキー先生ってことで」

「もう帰らないと塾があるからさ。バイバイ、アッキー先生」

まったくもう、と苦笑しつつ、未月は帰宅していく生徒の背中を見送る。

「もっと厳しく言ってやってください、秋谷先生。あの連中は、教師をからかうのが生きがいなんですから」

廊下を歩いてきた白髪の教師が、渋い顔をして声をかけてきた。

未月が担任のクラスを受け持ったのは今年度が初めてで、わずか半月前のことだ。

意気込みはあるものの、新米教師ということで、生徒たちに軽んじられている部分があるのは否めない。

しかしその反面、敷居が低く友人のような親しみを感じるのか、慕ってくれる生徒も多かった。

「あれはあれで、親愛の表現だと思うんです。悪気がないのはわかっていますし」

「いや、ああいうのがいきすぎると、いじめになったりするんです。見ていてもあまり、気持ちいいものではないですよ」

言われてふと、一人の生徒のことが未月の頭に思い浮かぶ。

未月がクラスに着任した新学期の初日から今日まで、一度も登校していない生徒がいた。

何度自宅に電話をしても、留守番電話に伝言を残しても連絡がない。

着任早々は初担任で不慣れなこともあり、なにかとばたばたしてしまっていたのだが、ようやく落ち着いてきたので、近いうちに自宅を訪ねてみようと考えていた。

不登校の原因がいじめとは限らないが、本人に会う前に、念のため聞いておくことにする。

「あの、俺《おれ》のことより、少々お聞きしたいんですが。笠嶋香奈目《かさじまかなめ》は、どんな印象の生徒でしたか。昨年は欠席が多いとはいえ、登校してはいたんですよね？」

職員室に向かって、ゆっくりと歩き出した教師の後を追いながら、未月は尋ねた。

「ああ、笠嶋ですか。まあ、私が把握しているのは評判程度ですが」

「始業式から一日も登校していないので、心配なんです。留年にもなりかねませんし」

未月が言うと、教師はちらりと周囲をうかがい、小さな声で言う。

「正直、あの生徒はよほどのことがなければ、考慮されますすよ。入学時に親族から多額の寄付があったそうですし、成績はズバ抜けていましたから」

「……しかし、もし今後ずっと不登校のまま試験も受けないようでは、校長も考えざるをえないでしょう」

それはそうでしょうな、とうなずいて初老の教師は腕を組み、当時を振り返る。

「印象としては、少なくとも使い走りにされたり、いじめられるタイプではなかったです。美男子で成績もいいですし、自宅は資産家で、女子生徒たちに人気もありましたしね」

さらに詳しく話を聞いても、特に問題らしいものはなかったようだ。

以前から、他《ほか》にも数人の教師や生徒に尋ねてみているのだが、一年生の時の香奈目の担任から聞いた話と、ほとんど同じようなことしかわからなかった。

華やかなルックス、成績優秀、品行方正で、友人は少ないようだったが、遠目に見ながら憧《あこが》れていた生徒たちがいたらしい。

いったいなぜ学校にこなくなってしまったのかという肝心の部分については、誰からもこれだという答えが聞けずじまいだ。

やはり直接自宅を訪ね、本人に会って確かめなくては不登校の原因はわかりそうもない、と未月は心を決める。

それに、こんな状態だというのに、まったく連絡ひとつよこさない保護者に対しての懸念もあった。

香奈目の保護者というのは母親一人で、父親はいない。

そのため母親の病気や怪我《けが》、あるいは仕事の事情などで、香奈目が学校にこられない、という可能性も考えられる。

最悪の場合、本人が虐待されたり監禁されて外出できないということも、ないとは言い切れないご時勢だ。

なにしろ記念すべき初めて自分が受け持った大事な生徒なのだから、できることならなんでもして、再び学校生活に戻してやりたい。

その日の夕方、教師としての意欲に燃えて、未月は笠嶋宅へと向かったのだった。

「……どこまでが一軒なんだ……」

香奈目の自宅は、都内でも有数の高級住宅街にあった。

車の走る大通りから一本奥へ入るとほとんど人通りがないため、庭の生垣の手入れをしていた職人さんに道を尋ねる。

すると、笠嶋さんの御宅だったら三軒先だと教えてもらえて、それならすぐ近くだと思ったのだが。

一軒の家の壁が歩いても歩いてもずっと先まで続いていて、なかなか終わらない。

建ち並ぶ家々は豪邸というより、もはやテーマパークの施設ではないかとさえ思えてしまう。

そうこうしつつもようやく笠嶋邸にたどり着いた時、未月はしばらくぽかんと口を開けてしまった。

白く高い壁に覆われて中はまったく見えず、入り口は要塞《ようさい》のような金属性の門でぴったりと塞《ふさ》がれていたからだ。

まるで外部からの訪問者を、拒んでいるように感じられる造りだった。

恐る恐るインターホンらしきものを押して、返事を待つ。と、頭上にカメラがあることに気がついた。

そちらを見てぺこりと頭を下げると、スピーカーからふいにぶっきらぼうな男の声がした。

『誰だ』

セールスマンなどと勘違いされたら、門前払いをくわされてしまう。未月は急いで、自己紹介をする。

「こんにちは。私、香奈目くんの担任で、私立藍崎《あいざき》高校で教鞭《きょうべん》をとっております、秋谷未月と申しますが。本人、もしくはお母様と、ぜひお話がしたいと思いまして」

未月が口をつぐんでも、すぐには返答がなかった。追い返されたらどうしようと不安になり始めた頃、再びなげやりな声がする。

『今開ける、入れ』

音もなく、金属のドアが左右に開いた。

招き入れられたことに安堵《あんど》しつつ、未月は敷地に足を踏み入れる。

そこには、小さな森が広がっていた。あずま屋などがこさえられていて、きちんと手入れをされたらさぞ美しい庭になるだろうに、荒れ放題の伸び放題、という代物だ。

それにしても敷地が広い。玄関まで延びている赤レンガ敷きの小道は、数十メートル続いていた。

母屋らしき建物は、なんだかそれ自体が芸術作品であるような変わった形をしていて、どこかの美術館を彷彿《ほうふつ》とさせる。

感心して眺めながら歩いていると、正面の建物の扉が開いて一人の男が姿を現し、未月は思わず、ぎくりとしてしまった。

遠目に見てもかなりの長身で、なんというか、異様な雰囲気をかもし出している。

しかし歩みを止めるわけにもいかず、段々と近づいていくうちに、さらに未月の緊張感は高まっていった。

「……秋谷です、初めまして」

目の前までいって挨拶《あいさつ》しながら、注意深く男を観察する。

黒目がちのきつい二重の目が、高い位置からこちらをじっと見据えていた。

男は未月よりは年上に見えるが、香奈目の親という年齢には思えない。

学校では、香奈目に兄弟がいるという話は聞いていなかった。

見上げた顔は彫りが深く、高い鼻梁《びりょう》にきりりとした眉《まゆ》と鋭い目をして、男らしく整って

はいた。

だが、長めの髪は梳《と》かしていないかのようにぼさぼさだし、だらりと首周りの伸びたTシャツはよれよれで、ペンキのような汚らしい染みがあちこちについている。

裾《すそ》の擦り切れたジーンズは右足の膝《ひざ》の辺りがぱっくりと破れているのだが、どう見ても流行《はや》りのダメージ加工ではなく、自然の産物だ。

しかも裸足《はだし》にサンダルをつっかけ、無精ひげが伸び放題、という姿はいかにもだらしがない上に、かすかに酒の匂《にお》いがした。

まるで狼男みたいだ、と未月は心の中でこっそり思う。

「あ……あの、香奈目くんは、在宅されていますか」

男はなげやりに、ぼそりと答える。

「多分な。確認したわけじゃねぇが」

「多分？　あの、インターホンでも言いましたが、私は彼の担任教師で、あやしいものではありません。それに、今日は本人よりも、まず保護者の方とお話したいと思っているんです。何度か留守番電話に伝言は残していたんですが、ご連絡いただけないので」

警戒されているのだろうかと、未月はできるだけ愛想よく、丁寧に言ったのだが。

男は不躾な態度を改めず、高い位置から文字通り見下すようにこちらを眺める。

「ああ、知ってる声だと思って門を開けたんだが、留守電の声だったか。……若いな、いくつだ」

留守電のメッセージを聞いていながら無視されていた事実と、唐突に年を聞かれて気分を害したものの、自分が童顔な自覚はある。未月は冷静な声で返した。

「今年で二十五歳になります。若輩の身ですが、よろしくお願いいたします」

「なるほどな、見た目どおりの新米教師か」

きちんと頭を下げたのに、男の態度は相変わらずふてぶてしい。

未月はムッとしながら考えた。この時間から飲酒し、見た目も勤め人のようには見えないところからして、親族の金の上にあぐらをかいてろくに働きもせず、ぐうたらしている男なのかもしれない。

「……失礼ですが、まだお名前をお聞きしていませんでしたね。あなたは香奈目くんとどういったご関係の方ですか。ご親戚《しんせき》とか」

「俺か。俺は笠嶋雅道《まさみち》、香奈目の叔父《おじ》だ。……とりあえず入れ、こんなところでつっ立ってるのに飽きた」

言い捨てると雅道は、未月がお邪魔しますと言い終えるより先に、さっさと背を向けて玄関を上がり、廊下を歩き出してしまった。

なんというか、相当に変わり者か、気難しい性格なのに違いない。

他に家人はいないのだろうか、と救いを求めるように周囲を見回してみたが、雅道以外に人の気配はどこにもなかった。

内部は玄関ホールも廊下も、なにもかもが圧倒されるほどに広い。

「その辺に座ってろ。なんか飲むだろ」

「あ。いえ、お構いなく」

「俺が飲みたい。ちょっと待ってろ」

未月をリビングらしき部屋に通した後、雅道はそう言って奥のドアへと姿を消す。

「しかし……これは……」

四十畳ばかりありそうな空間を、未月は呆然《ぼうぜん》と眺めていた。

天井が高く内装は凝っていて、ものすごく金のかかったハイセンスな部屋、だとは思う。

ただし、きちんと掃除がされていれば、の話だ。

床にはペットボトルや洋酒の瓶、紙袋や箱が転がっていて、分別されていないゴミの突っ込まれたビニール袋がごろごろと転がっている。

さぞや高価だろうと思われるデザインの白い革張りのソファの背には、脱ぎ散らかした服が幾重にも積まれていた。

仕方なく、なるべく服のない場所を探してそっとソファに腰掛ける。ローテーブルの上は、雑誌や画用紙らしき紙、なにかの請求書や領収書が無造作に散らばっていた。

こうしていてもやはりまったく人の気配が感じられないが、香奈目の母親は留守なのだろうか。

そんなことを思っていると、奥の通路から雅道が戻ってきた。

「まあ、話の前にとりあえず飲め」

そう言って差し出された紙コップとワインの瓶を見て、未月は慌てる。

「は？　あの……何度も申し上げていますが、私は香奈目くんの担任教師をしていまして、本日はその件で」

「ああ？　だからなんだ」

こともなげに聞き返されて、未月は眉間《みけん》に皺《しわ》を寄せる。

「なんだと言われても。つまり、仕事の一環として訪問していますので、アルコールを摂取するわけにはいきません」

こんな常識も持ち合わせていないようでは、どうしようもない。

苦々しく思いながら言うが、雅道は平然と紙コップにワインを注ぐ。

「いちいちバカ正直に、飲みましたと報告しなけりゃいい」

「なにを言っているんですか。公務員が生徒の自宅で酒など、言語道断です」

「ふーん。だったらお前、今から俺の友人になれ。友人の立場での飲酒なら問題ないだろう」

これでは埒《らち》が明かない。それに本当は非常識なことだとわかっていて、こちらをからかって面白がっているのではないか。

どこか悪戯《いたずら》をしている子供のような目つきの雅道は、そんなことを思わせた。

こういうたちの悪い冗談は嫌いだ。ぴしりと言っておかなくては、舐《な》められる。

未月はキッと、正面に座る狼男を見据えた。

「あいにく喉《のど》は乾いていませんので、遠慮させていただきます。そんなことより、香奈目くんの叔父様ということでしたが、こちらに同居しておられるんですか」

強引に話を変えると、雅道はコップになみなみとワインを注いだ。

「ああ。同居といえば、まあ同居だな」

「他のご家族はどちらに？　香奈目くんのお母様はお留守ですか？」

「まあ、留守といえば留守だ」

適当な返事をしながら、ぐっと紙コップを呷《あお》る雅道を見るうちに、未月の不安は増していく。

こんな男が相手では、いくら話しても時間の無駄なのではないだろうか。

「香奈目くんのお母様が戻られるのは何時頃ですか。あまり遅いようなら、在宅されている時間帯に出直しますが」

ところが、その質問への雅道の返事は予想外のものだった。

「いつ頃戻る……か。さあな。どこにいるかも知らねぇな」

「……はい？」

よくわからない答えに聞き返すと、雅道は皮肉そうに唇を笑みの形に捻《ね》じ曲げた。

「あの女、香奈目が四歳の時に父親と別れて、新しい恋人を追っかけてニュージーランドにいっちまったんだ」

「ニュージーランド？　……今はそちらに在住していらっしゃるんですか？」

「いや、それからその男と別れて一旦《いったん》戻ってきた」

「ああ、それじゃ今は帰国して」

「いや、次はイギリス人のカメラマンとできて二人でカナダにいった。それから日本人、インド人ときて今はイタリア人だったかな……別れると帰国するんだが、今回は長続きしてるらしい」

「そ、そうなんですか……だけど、そうだ、それなら祖父母……あなたのご両親はどこにおられるんです」

「親父なら金沢《かなざわ》の海が気に入って、そっちで活動してる」

「……活動?」

「一応、日本画家だからな。お袋は勉強しなおすとか言い出して、なんとかいうギリシャの彫刻家に弟子入りしたから、もう三年は顔も見てねぇ」

あまりに奔放すぎる一家の話に、未月はどんなリアクションをとっていいのかわからない。

ただひとつだけ、確実にはっきりしている。

この家の連中ときたら、高校生をほったらかしてどいつもこいつも、それでは保護者失格ではないか！　ということだ。

もしかしたら親族のそのような所業のせいで、香奈目は心に深い傷を負っているのかもしれない。

むっつりと黙り込んだ未月を前に、雅道は平然と二杯目のワインを飲んでいる。

まるで他人事だなこの野郎、と未月は心の中で密《ひそ》かに毒づく。

「……それじゃあ、今は叔父の雅道さんが、香奈目くんの保護者ということでよろしいですか」

「そういうことになるのかな……しかしガキの頃はまだ可愛かったんだがな。今は態度も身体《からだ》もでかくなって、保護したいとは思えねぇ」

「はあ？　待って下さい、それはいくらなんでも無責任じゃないですか」

思わず怒った声を出すと、乱れた前髪の間から面白がるように瞬いていた瞳《ひとみ》が、じろりと末月を見る。

「俺と香奈目は、独立した別々の人格だ。同居しちゃいるが、めんどう見る気はさらさらねぇよ」

なんという無茶苦茶な話だ。この男には、大人《おとな》としての責任感や包容力というものがまったく欠如しているらしい。

「だから！　あなたや母親がそんなふうだから、香奈目くんは学校にこなくなってしまったんじゃないんですか？」

「なんだ、あいつ全然学校いってねぇのか。……そういや、たまに昼間に見かけちゃいたが、ずっとさぼっていたとはな」

雅道の言葉に末月は愕然《がくぜん》とする。

「不登校に、気がついてもいなかったんですか？」

「うちは出入り口が一ヵ所じゃねぇし、プライバシーはそれぞれ尊重してる」

「プライバシーって……未成年者じゃないですか」

未月はここに至って雅道だけでなく、香奈目以外の笠嶋一族に完全に腹を立てていた。そして怒ると同時に、激しく後悔する。もっと早くに家庭訪問するべきだった。

この家庭は、おそらくとうの昔に崩壊してしまっている。

「彼と本気で話し合ったことは？　悩みを聞いたり、相談にのったことはないんですか」

「あるわけねぇだろ」

げんなりしたような言い草は、さらに未月を苛立《いらだ》たせる。

会ったことはないが、香奈目は大切なクラスの一員だ。

まだ高校生で、年長者からの庇護《ひご》を必要として当然の年齢ではないか。

これでは放置され、虐待されているのと変わらない。

待っていろ、笠嶋香奈目。俺が必ず救い出してやる！　と未月は心の中でまだ見ぬ生徒に語りかけていた。

「わかった、もういいです。あなたにはなにも期待しません。とにかく、彼はここにいるんでしょう。会わせてくれませんか」

「会ってどうするんだ。……学校なんていきたきゃいくだろうし、いきたくないからいかない、それだけのはずだ」

「そんなバカな。話してみなければわからないじゃないですか。頼みます、香奈目くんと話をさせてください」

「やだね」

言うに事欠いて、保護者の口からまさかこんななげやりな言葉を聞くとは。

怒りを通り越して呆《あき》れ果てる未月だったが、ぐいぐいとワインを飲んでいる雅道を見ていると、何度目かの溜《た》め息とともに身体から力が抜けていった。

――これではまったく、話にならない。

基本的な社会的常識というものが、雅道からは欠如しているらしい。

だがここであきらめるわけにはいかない。香奈目には手を差し伸べる大人の存在と、明るい高校生活が必要だ。

「どうして嫌なんですか。せめて理由を教えてください」

「どうしてもクソも、めんどうくせぇ。だいたい、本人が学校にいきたくねぇもんは仕方ないだろうが」

「だ、だから、そのままではよくないので」

「ほっとけほっとけ、問題ねぇよ」

「ほっとけって……そんな……」

ここに至り、未月の忍耐は限界を突破した。こんな保護者の資格のない男に、敬語を使うことすらバカバカしくなってくる。

「ほうっておいて済むことじゃないだろう！　高校は義務教育じゃないが、今後の進路を考える上でも登校させるべきだ！」

感情の昂《たか》ぶりを抑えきれなくなってきている未月を、ふん、と雅道は鼻で笑う。

「高校ってのは、そんな大層なもんか」

「もちろんだ。そうでなければ俺は教師をしていない。学ぶことだけじゃない。社会生活や常識を身に着ける上でも、学校生活というのは必要なんだ」

そんなもんかねぇ、と雅道は長めの髪をかき上げた。

「そういうものだ。しかし学校だけがいくら努力しても駄目な場合もある。規則正しい生活、一家で囲む食卓、家族との会話、そうしたものが情緒を形成していく上で、とても大切だ」

厳しく常識を重んじる両親のもとで育った未月には、笠嶋家の状態は破綻《はたん》しているとしか思えなかった。

未月の叱責《しっせき》に、雅道はしかめっ面をする。

「一家で囲むったって、俺しかいねぇんだから仕方ねぇだろ」

「だから、せめてあんたがしっかりしなきゃ困るだろう。笠嶋家に資産家だろうから、食べるには困らないかもしれない。けれど、まっとうな家庭というのは、そういうことじゃない」

力説しても雅道は長い両足をローテーブルの上にのせて、だるそうに天井を見上げていた。

汚れた足の裏を目にするうちに、未月の怒りのボルテージは上がっていく。

「あんた、いい加減にしろ！　失敬にもほどがあるぞ。人が話しているんだから足を下ろせ！　いくら生徒の父兄とはいえ、この態度はないんじゃないのか」

「うるせえ、喚《わめ》くな。……だいたいお前、どうしてそんなに香奈目に会いたがるんだよ」

堂々巡りでいっこうに進まない話に、未月は頭を抱えたくなった。

「だから、俺は担任教師だと何度も言っているだろう。学校にこないなら、登校するよう説得するのは普通のことじゃないか」

「あいつ、確か高校二年だよな。去年はどうだったんだ。一年の時の担任が家まできたことなんてねぇぞ」

「それは……前年度までは、たまには登校していたようだし……教師によって考え方もいろいろあるだろうから」

「じゃあ、普通じゃねぇじゃねぇか」

「屁理屈《へりくつ》を言うな！」

本当にこの男には、一向に常識というものが通用しないようだ。

だが、このまま雅道のペースに飲まれて怒ってばかりでは香奈目を救えない。

未月はすうとひとつ深呼吸をして心を落ち着け、改めて説得にかかった。

「お願いだ、雅道さん。保護者としての荷が重いなら、俺が半分受け持ってもいい。頼むから、香奈目くんに会わせてくれないか」

「……そんなにあいつを、学校に通わせたいのか」

「もちろんだ」

未月は必死の思いで、身を乗り出して訴える。

「俺のクラスにいるからには、生徒は一人残らず、高校生に相応《ふさわ》しい楽しい毎日を送って欲しい。おこがましいが、俺にできることならなんでもしたい、そう思っているんだ」

「ふうん、なるほどな……」

つぶやくと、雅道は空になったコップをくしゃりと握りつぶして、ポイと部屋の隅に放り投げた。

それからしばらく、背もたれに身体を預けて考えていたが、ややあってなにか思いついたようにこちらに視線を向け、座り直す。

「それじゃあ……未月っていったか。お前、絵のモデルやってくれよ。雇うにも、なかなかいいのがいねぇんだ」

「……モデル？」

「俺も親父みてぇに絵をやってるから。人物モデルをやってくれ。そうしたら、香奈目と会わせてやってもいい」

言われてみれば、室内に入った時から美術室のような独特な匂いがしていることに気がついていた。おそらく、油絵の匂いだ。

「モデルと言われても……ただ座っていればいいのか？」

それならお安い御用だと思ったのだが、雅道が言い出したことは未月の想像をはるかに超えていた。

「いや、裸」

「はっ……？」

固まった未月に、ニヤリと雅道はたちの悪い笑みを浮かべる。

「ヌード。全裸。すっぽんぽんで、ポーズとってくれ」

「な、なにをわけのわからないことを言い出すんだ、あんたは！」

「どこがわからない？　お前の裸を見て、俺がそれを絵にする。そういうことだ」

そんなとおりいっぺんの言葉の意味など、わかっているに決まっているではないか。からかっているのか、と未月は雅道を睨む。

「そういうことだ、じゃない。なんで裸なんだ」

冗談ではないと未月は憤慨するが、雅道は平然と答える。

「絵画をやってりゃ、普通のことだ。なんでもクソもあるか。……しいて言えば、描くのによさげな体格だと思ったってだけだ」

「でもヌードモデルなんて無理だ、俺には」

「できることならするって言ったじゃねぇか。そうしたら俺からも、登校するよう香奈目に言うだけ言ってやる。どうだ」

「どうだ、って……待ってくれ、そんな」

未月は懸命に頭を整理しながら、断る理由を考える。

確かに、絶対に不可能な要求ではない。だが同性とはいえ初対面の生徒の保護者の前で、風呂でもないのに全裸になることに抵抗があった。

そもそも、生徒のためを思ってやろうとしていることの条件として、保護者が持ちかけるようなことなのか。

「俺の裸なんて、面白くもなんともないぞ」

「面白い面白くないでやることじゃねぇし。作業をちょっと手伝ってくれってだけだ。……なんだよ先生、お前の生徒に対する真剣さってのはその程度のもんか」

そう言われて、うっと未月は言葉に詰まる。作業の手伝いと言われれば特異なことではないような気もするが、なぜ自分を裸にさせるのか。嫌がらせではないのか。

どうするべきか困惑していると、雅道は立ち上がった。

「とりあえず、試させろ。こいよ」

「まだ俺は、やるとは言ってないぞ！」

拒みつつも、やらなければ本当に雅道は香奈目に会わせないであろうことが、これまでの強引で無茶苦茶な会話から感じられる。

次の部屋に通じているドアを開いた雅道を追うように、どうすべきか躊躇しつつ未月はソファから腰を上げた。

「そ、そもそも俺はモデルなんてしたことがない。絵のことなんてなにも知らない素人なんだぞ」

「ああ。わかってるから気にするな」

その部屋は、独特だった。

真ん中に白い背もたれのない長椅子があるだけで、他に家具は一切ない。

壁の下にはずらりと、イーゼルや石膏像《せっこうぞう》、木炭など様々な画材が散らばっている。

それだけでなくコンクリートの床の上には、描き損じたものなのか、破られたり丸められた分厚い紙が山のように散乱していた。

その一角には棚とハンガーがあり、雅道はそこで脱げと指示を出す。

「生徒のために、保護者の手伝いもできないなんてわけはねぇよな、熱血先生」

「と、当然だが、あんたの言うことは理不尽すぎる。なっ、なんで服を着たままじゃ駄目なんだ」

「なんでって骨格や筋肉の流れが描きたいからな。絶世の美女ならともかく、なにをもったいつけてるんだ。同じ男の前で脱ぐのがそんなに恥ずかしいのか」

「脱げと言われて、素直に脱ぐほうがおかしいだろう！」

「そうか？　俺にはなんの抵抗もねぇな。脱いで自分の大事なものが守れるなら、こんな簡単なことはねぇ。一人で裸になるのにそんなに抵抗があるなら、俺も脱いでやろうか」

「ふざけるな、余計にイヤだ！」

そんなことをされても、なんの慰めにもならない。

それに、大の男二人が全裸で絵を描いたり描かれたりしているのを想像して、未月は不気味さに身を震わせる。

雅道は、嘲笑《ちょうしょう》まじりに断定した。

「あれもイヤ、これもイヤ、つまりお前にとって生徒ってのは、その程度のこともできない存在ってわけだ」

「違う！　絶対にそんなことはない！」

「だよなあ。できることはなんだってしたいと思ってる、って言ってたもんな、お前」

「あ、ああ、そうだ」

それじゃあとっとと脱げ、という言葉に、未月はこれ以上拒絶することができなくなってしまった。

——そして今。一糸纏《まと》わぬ姿で自分の正面に立つ未月を、雅道はたちの悪い笑みを浮かべたまま観察している。

「思ってたほどガリガリでもねぇな」

「つくづく失敬な男だな、あんたは！　さあ、どうすればいいんだ、やるならさっさとやってくれ」

「さっさとやれ？　挑発してんのか、先生」

なんのことだ？　と意味がわからずにいる未月を、雅道は立ち上がって自分が座っていた場所に腰を下ろさせる。

背もたれのない革張りの白い長椅子は、なんとなくマッサージなどの簡易ベッドを思わせた。

「ただこうして、座っていればいいのか？」

勝手がわからずおろおろしていると、ふいに雅道は身体をかがめ、未月の腕をつかむ。

「わっ、なにをするんだ」

「手を腰より後ろのほうにつけ」

座った姿勢で、両手を身体の後のほうに移動させられるが、そうすると股間《こかん》付近の隠しようがない。

「わ、わかったから、手を離せ」

未月が慌ててぜんまい仕掛けの人形のようにぎくしゃくと手を動かすのを、雅道は至近距離からじっと見ている。

「なかなかいい身体だ」

つぶやいたのを、未月は聞き咎《とが》める。

「バカにするな。貧相なのは自分でもわかっている」

こちらは憂鬱《ゆううつ》のどん底なのに、からかって楽しんでいると思うと、はらわたが煮えくり返りそうだ。

しかし雅道は特に悪気はなかったらしく、淡々と続ける。

「いや、骨格がわかりやすくていいという意味だ。結構、膝から下が長いな」

「そ、そうか？」

雅道は未月の身体について、聞きたくもない批評を始める。

「ああ。それに腱《けん》や関節も描きやすい、いい感じだなとは思ったが、想像以上に理想的な裸体だ」

なにが理想的だ。胸板の厚い腹筋の引き締まった、自分などよりずっとスタイルのいい男にそんなことを言われても、嬉《うれ》しくもなんともない。

「褒め殺しか。なんでもいいから、さっさとやれと言っているだろう」

早く解放して欲しくて急かすと、雅道はなにが面白いのかにやにやと笑う。

「そんなにやれやれ言うと、本当にやっちまいたくなってくるな」

「ああ?」

「セックス」

言われた瞬間、ざわっと全身に鳥肌が立った。

冗談だろうとは思うものの、このわけのわからない狼男ならやりかねない、という本能的な恐怖が頭をもたげる。

なるべく余計なことを言って、墓穴を掘らないようにしよう。未月は黙って俯《うつむ》いたが、その顔をぐいと上へ向けられる。

「まあ、とりあえずクロッキーをやっちまうか。胸と顎《あご》をそらせ。それから足、もう少し開いて」

からかうのに飽きたのか、雅道の表情は先ほどとは違っている。

しかし未月は、ただでさえ恥ずかしい状況の上にセックスなどという単語を出されて、自分の顔が熱を持っているような気がしてきた。

どうか赤くなったりしていませんように、と心の中で祈った直後。

「お前、風呂上りみたいな顔になってるぞ。裸を褒められたからって、そんな意識すんなって。こっちもおかしな気分になるだろ」

「なっ、おかしな気分ってなんだ! こっちもって、俺は全然、そんな気分になってない！」

「ふうん。まあ、いいけどな。……もうちょっと後ろに体重かけて、ほら、もっと足開けって言ってんだよ」

「……こ、こうか……？」

恥ずかしがっていると、余計に雅道は面白がりそうだ。

だから未月は必死に我慢して、じりじりと足を開いていく。雅道は表情を変えずにうなずいた。

「ん。じゃあ始めるぞ。十分間、そのままでいろ」

「十分でいいのか」

何時間かかるのだろうと思っていた未月は、少しだけホッとした。

「今日のところは、十分を三回にしといてやる」

雅道は言って、未月の周囲をゆっくりと歩き出した。

なんだろうと未月は目だけ動かしていたが、どうやらどの角度から描くか決めているらしい。

二周目に、未月の斜め横にぴたりと止まると、大きな帳面を胸の前に斜めにし、腹部で支えるようにして鉛筆を動かし始めた。

十分程度で、人体など描けるものなのだろうか。しかし三回で三十分なら、なんとか耐えられそうだ。

強引な展開だったが、いざ本当にモデルになってみると、立ち上がってやっぱりやめるとはなぜか言えない。

じっと見つめる雅道の視線に、縫いとめられたように動けなかった。

ただ座っているだけなのに、空気が張り詰めているようで息苦しさを感じる。

なにもすることがないため、未月は改めて雅道を観察した。

よく見るとぼさぼさした髪の間からのぞく耳に、銀のピアスが光っているのがわかる。

社会人とは思えない格好だが、無精ひげのせいもあって、幼く見えるということはまずなかった。

身体は筋肉質で、上背もあり足が長い。顔立ちも二枚目ではあるが優男ではなく、物騒なものを感じさせる精悍《せいかん》な顔立ちのせいか、服装がどうあれそれなりの年齢に見える。三十代の前半といったところだろう。

両親共に芸術家で、資産家。たとえ狼男のような見た目でも、女性関係は派手なのではないだろうか。

優雅に趣味の絵を描く毎日を送り、こんな豪邸に住んで昼間から酒。

羨《うらや》ましい気持ちが半分と、保護者がこれでは香奈目が可哀想《かわいそう》だという気持ちが、改めて湧《わ》き上がってくる。

リビングのあの様子では、香奈目は食事だってろくなものを食べていないかもしれない。

雅道は保護者としての義務と責任を、完全に投げ出していた。

——俺がなんとかしてやらなくては。

ぎゅっと拳《こぶし》を握って決意したものの、五分ほどして、未月はこれは結構大変な作業だと思い始めた。

楽な姿勢で座っているだけとは違い、思いがけない部分に力がかかり、節々が痛くなってくる。

それだけでなく、じっと強い視線が自分の身体に注がれているのを痛いほどに感じてしまう。

目の力が強すぎるからだ。黒々として、見つめ返すと吸い込まれてしまいそうな、思いがけないくらい綺麗《きれい》な目。

それが食い入るように、貧弱な自分の生まれたままの姿を見ている。恥ずかしく思うなと言うほうが無理だった。

なんだか見られている部分がレンズで太陽の光を集めているかのように、焦げてしまいそうに感じる。

それに閉め切った部屋のせいか、ひどく息苦しかった。十分という時間が、恐ろしく長い。

日頃の運動不足もたたってか、ようやく一回目が終了した頃には、足がつりそうになってしまっていた。

「もう少し、楽な格好じゃ駄目なのか」

次のポーズは、ヨガのように身体をねじった、あまり通常ではとらないような姿勢をとらされた。

先ほどよりさらに辛《つら》そうだと思って頼んでみたのだが、雅道は首を縦に振らない。

「骨格と筋肉の流れが、はっきりわかるポーズがいいんだ」

こうやって、と裸の身体に雅道の手が触れる。その度に未月の身体は、ぎくりとして力が入った。

雅道によると、慣れたモデルであれば、依頼者が描きたがるポーズを熟知していて、自分からそういう体勢をとるらしい。

もちろん未月にはまったく見当もつかないため、ポーズを変えるには雅道の指導が必要だ。

「もっとなめ上を見て。そう。……右足はこっちにのせて」

そっと太腿《ふともも》の内側に指が触れて、未月の喉がひくっと音をたててしまう。

「つ……辛いんだ、この格好」

本当は辛いだけでなく、くすぐったいような妙な感じがしてしまったのだが、また意識しているなどと言われるのは心外だったため、そんなふうに言う。

と、雅道はさらに、素肌の足に手を滑らせてくる。

「少し我慢しろ。あっち側に膝が向くように」

これは絶対わざとではないのか。そう思いたくなるくらい、雅道の手つきは怪しく、必要以上に触れてくるように感じた。

そんなふうにして、三回目にポーズをつけられていた時。

「……っ！」

すっ、と背骨を撫《な》でるように雅道の指が動き、吐息が背後から首筋にかかったのを感じて、未月は息を飲む。

——このままじゃ、まずい……。

先ほどから顔はさらに熱く、頭はのぼせたようになっていた。

「辛いか、先生」

耳元で囁《ささや》かれて、ぞくっと背筋に痺《しび》れるような感覚が走る。

「す、少し待ってくれ、雅道……さん。その、休憩を」

「あと一回だ。これで終わりだから。……右足の膝を立てて、椅子に乗せろ。ほら、こっちの足をこう」

「だけど、……っ」

雅道は立ち上がり、これまでと同じことを繰り返し、一歩下がって未月の姿を眺める。と、その唇の端が、ふいに笑みの形になった。

「……お前」

「もっ、申し訳ないが、ちょっと」

トイレ、と口にする前に、雅道は未月の隣に腰を下ろした。

逃げさせまいとするかのように、背後から腰に手を回される。

「勃《た》ちかけてるじゃねぇか、先生。なんかやらしいことでも考えてたのか」

足の間に視線を感じた未月は、わあっと情けない声を上げて、その部分を隠そうとしたが、すでに遅い。

「なんだよ、そんな恥ずかしがることじゃねぇだろ。男同士なんだし」

「バッ、バカ、離せ！」

後ろから回してきた雅道の左手に未月の左手首を、右手に右手首をつかまえられて、頭をもたげた未月のものは、雅道の視線の下に晒《さら》されてしまう。

「なんでこんなにしちまったんだ、言ってみろ。俺に見られて興奮したか？」

「そんなわけないだろ！　も……離せって！」

「なにもねぇのに勃つのか？　そんなわけねぇよな。……なぁ、先生」

「……っ！」

耳にかすかに雅道の唇が触れる。またもぞくっと、未月の身体に震えが走った。

「あ。耳が感じるのか、お前」

「そんなんじゃない、やめろって！」

恥ずかしさでおかしくなってしまいそうな未月の耳を、雅道は執拗《しつよう》に刺激してくる。

「なんで。気持ちいいのはいいことだろ。……遠慮しないで出しちまえよ」

「だっ、出す？」

目をむいて雅道を見ると、濡《ぬ》れた舌がそっと唇の端を舐めるのが見えた。

きつく握られている手首に、どっ、どっ、どっ、と振動を感じる。

「我慢は身体によくねぇって。そのままにしておくの、辛いだろ」

「だから……離せって……」

至近距離で囁かれて、身体から力が抜けていきそうだった。

自分の身体が、どうしてしまったのかわからない。

雅道と触れている皮膚が、ひどく過敏になってしまっているようだった。

「ほら。してやるから」

「っあ！　や……っ！」

ふいにつかんでいた右手首を離し、雅道の手が未月のものに触れてくる。

驚愕《きょうがく》と刺激の強さに、未月は小さく悲鳴を上げて硬直した。

「っい、やだっ！　離せっ、あっ」

逆に未月は、自分のものに触れてくる雅道の手首をつかんで引き離そうとするが、ろくに力が入らない。

他人に自身をこんなふうに触れられたことは初めてで、未月はパニック状態に陥っていた。

「嫌がるなよ、気持ちいいんだろ。だってお前、俺の手の中でどんどん熱くなってる」

「っく……う、ん、んっ」

雅道の器用な指は、裏側を撫でさすりながら、時折そっと爪《つめ》を立ててくる。

そのたびに未月は、小さな声を上げてしまった。口を押さえたいのに、左手は雅道につかまれたままだ。

「ほら、見てみろよ。涙零《こぼ》して喜んでるぞ」

透明な雫が丸く膨れ上がった先端を、雅道がぎゅっと指の腹で押す。

ひっ、と未月の喉が鳴り、すぐに離された指先は白い糸を引いている。

くちゅ、と濡れた音が、広い室内に妙に大きく響いた。

「や、あ……っ」

未月は快感に震えながらも、恥ずかしくてどうしようもなかった。

感じてしまう自分が許せない。悔しくてたまらないのに、足を閉じることさえできなかった。

ほんの少しでも身じろいだら、その刺激でとんでもない声を出してしまいそうだからだ。

「いきたいんだろ。いっていいぜ、ほら」

言って雅道は、根元から強く未月のものをしごき始めた。

「っやだ！　……やめっ」

こんな男の手の中でいくなど、未月としては絶対に避けたい。

必死に歯を食いしばり、泣きそうになりながらも達しないように堪える。

顎が上がって背が反り、汗が首筋を伝った。

「そんなエロい顔をするな。誘ってるのか？　……こうして見ると可愛いな」

先生、と呼びながら、雅道の唇が耳たぶをはさんだ、瞬間。

「っああ！」

びくっと一際大きく身体が跳ね、未月のものは弾《はじ》けてしまった。

放たれたものの大部分は雅道の手に受け止められたが、一部は零れて床を濡らす。

雅道の左腕に抱き止められた格好で、はあはあと苦しい息をつきながら、未月は罪悪感にかられて、自分が汚してしまったものに視線を落とした。

雅道は、面白がっているような声と表情で言う。

「お漏らしするなんて、困った先生だな。拭《ふ》くもの持ってくるから、そのまま待ってろ」

未月は茫然《ぼうぜん》自失で、しばらくぼんやりとうなだれていたが、部屋の隅から上着のポケットに入っている携帯の、メールの着信音が聞こえてきて、ハッと我に返る。

――逃げよう。このままでは、なにをされるかわからない。

立ち上がろうとしたその時、ドアが開く音がした。しかしそれは、雅道が出ていったのとは別の、未月の座った位置からは左前にあるドアだ。

「あれ？」

「……っ！」

入ってきたのは、雅道ではなかった。身長はやや低く、もっと繊細《せんさい》で上品な顔立ちをした青年で、服装もきちんとしている。

達したばかりの全裸という最悪の状況で、未月は恐ろしい可能性に思い当たっていた。

色素の薄い肌と茶色い髪、淡い色の瞳。まだどこかに幼さの残る、甘く整った顔立ち。

もしかしてこの青年が、自分の受け持ちクラスの生徒である、笠嶋香奈目ではないのか。

「失礼。クロッキーの最中でしたか。雅道はどこにいます？」

「うわっ、えっ、その」

言いながら近寄ってきた青年に、未月はパニック状態に陥っていた。

しかし唯一の救いは、まだ香奈目が未月を、高校の教師だとは気がついていないということだ。

この状況を見てすぐに、クロッキーの最中、などと言うからには、こうした裸体モデルを使うのは珍しくないのだろう。

可能性は低いものの、もしも雅道が上手《うま》く口裏を合わせてくれれば、正体がバレずに済むかもしれない。

「ま、雅道さんなら、あっちに！」

未月は雅道が出ていった方角を、力強く指差した。

香奈目が部屋から出ていったら、とにかく急いで服を着て、それからモデルを頼まれたと説明をして……。

上手く働かない頭をフル回転させて考えた作戦だったが、それは香奈目の一言であっさりと壊される。

「……なんだか……貴方《あなた》を、どこかで見たような気がするんですが」

「ヒトちガイだろう！」

否定の言葉は裏返ってひっくり返り、自分でも驚くほど大きく室内に響いた。

一瞬、驚いた様子の香奈目は、さらにまじまじと顔を眺めてくる。

「いえ、確かに俺は貴方を知っています。……そうだ、高校の……確か隣のクラスの副担任だった……」

もう駄目だ、この調子ではすぐにでもバレてしまう。

香奈目の言葉を、未月は必死に泣きそうな声で遮った。

「そ、そうだ、俺は実はきみの担任教師の秋谷だ！　つまりあれだ、その、学校へこないので心配して訪ねてみたら、きみの叔父さんがモデルがいないと困ってらっしゃったので別に変なことじゃない、ふ、普通のことだ。なんといっても芸術のためだからな、父兄《ふけい》の方が困っていらっしゃるんだから一肌脱ごうと、それで」

「……それで」

末月は、香奈目の色の薄い瞳が、自分を見ていないことに気がつく。

嫌な予感に襲われつつ、その視線の行方《ゆくえ》に目を向けて、そして蒼《あお》くなった。

床の上には点々と、先刻末月が放ったものの白い滴《したた》りが零れたままだったからだ。

「ぎゅっ！」

「ぎゅ？」

「牛乳を零したんだ！　せっ、先生、そそっかしくてな、ははは」

笑おうとしたが、顔が強張《こわば》って口角が上がらないのが自分でもわかった。

香奈目はなるほど、とうなずいて顔を上げたものの、その瞳は怪しくくるめいていて、明らかにこちらの言うことを信用していないと思わせる。

「なんだ、勝手に入ってきやがって、なんか用か」

背後からの声に、末月はびくっと肩を揺らした。

雅道はずかずかと歩いてきて、そらよ、とタオルを渡してくれる。

末月はひったくるようにして受け取ると、急いで腰に巻きつけた。

香奈目はこちらに向けていた視線を移し、雅道をじろりと横目で見る。

「切らした色があるから、少量貸りようと思っただけだ。……それより貴様、俺の担任に手を出したのか」

「いや？　クロッキーのモデルをやらせただけだ。そしたらこの先生、勝手におっ勃てちまって」

「嘘《うそ》だあっ！」

生徒を前にして、冗談ではない。絶叫して立ち上がり、未月は必死に釈明する。

「あ、あんたが変なふうに触るから、それで」

「それでどうした。どうなったのか、生徒に正直に言ってみろよ、先生」

「そ、それで……だから」

いかされてしまった、とも言えずに、未月はタオルの端を握り締めた。

頭の中が真っ白で、この事態をどう収拾していいのか、まったくわからなくなっている。

と、ふいに長い指が目の前に伸びてきて、思わずひっと喉が鳴る。

香奈目の指が、未月の額に落ちた前髪に触れ、かき上げた。

「ふうん。こうして見ると悪くないな。大輪の花ではないが、可憐《かれん》だ」

「な……なにを」

言われていることの意味がわからず、うろたえて口をぱくぱくさせる未月の肩を、その手がやわらかく押した。

もう一度椅子に座らされた格好の未月の隣に、香奈目も腰を下ろす。

色素の薄い瞳と整った顔が、至近距離で未月に向けられた。

「先生、いかがでしょう。俺のモデルもやっていただけませんか」

「かっ、香奈目も絵を描くのか？」

「俺のは絵に限らない現代美術全般ですが、たまに人体も扱うので」

「待ってくれ、急にそんなことを言われても……そっ、そうだ、それより俺は、きみに話があってきたんだ」

「モデルをしてくれるなら、お話を聞きますよ」

まだ裸のままの背中に手を回されて、未月は身体を強張らせる。

雅道だけではない。言葉遣いや服装はきちんとしているものの、香奈目もまた、なにを考えているのかまったくわからなかったからだ。

「おい、なにを勝手なことを言ってやがる」

反対側の隣に、雅道も座った。両側から挟まれるようにして、未月は身体を縮こまらせた。

随分と年下のはずだが、香奈目は雅道に劣らない尊大さで言い返す。

「俺に話があって訪問された先生に、勝手なことをしたのは貴様だろう」

「お前が巣にこもって出てこないから、俺が相手をしてやってたんじゃねぇか」

「ま、待て、とにかくこのままじゃ話もできない」

そう言って立ち上がろうとした未月の二の腕は、両側からしっかりとつかまれた。

「三回やるって約束だろ。まだ二回しか描いてねぇ」

言いながら雅道は、未月をつかんでいるのとは別の手を、脇腹に滑らせてくる。

「わっ、あんた、なにして……！」

「骨が細いせいか、ラインがとても綺麗だ」

「っあ！　香奈目、やめろ」

つーっと下から上へ、香奈目の指に背骨を撫で上げられて、思わず小さな悲鳴が漏れた。

「あっ、や、お前らっ」

二人は片方の手で未月の背中を、もう片方の手で胸や脇腹に触れてくる。

身体の前と後ろをいいようにつつかれて、そのたびにひくりひくりと身体が反応してしまい、うろたえながら未月は必死で抗議する。

「このままでもいいですよ。お話、きかせてください」

香奈目の表情は穏やかで、声は冷静なのだが、むしろそれが怖い。長い指は的確に、未月の弱いところを探し当ててくる。

両手で二人を押しのけようとするが、どちらも未月より体格がよく、びくともしない。

「ちょっ、ふざけるな、駄目……っあ！」

きゅ、と雅道が胸の突起をつまみ、一際大きく未月の腰が跳ねる。

「すごく敏感なんですね、先生」

感心したように香奈目は言い、タオルの上から腰をさすった。

「や、……やめ、駄目だ、こんな」

両側から好き放題に弄《いじ》られて、未月は涙目で逃れようとするのだが、半ば腰が抜けたようになって力が入らない。

その上に雅道は、とんでもないことを言い出した。

「香奈目、この先生、耳が一番感じるみてぇだぞ」

「うん？　そうなのか、愛らしいな」

お前たちの頭の中には、脳みそではなくカニミソでもつまっているのではないか。

本気でそう叫びたくなるほど、二人の思考回路が未月には理解できない。まるで宇宙人に捕獲された人間の気分だ。

自分は教師で、不登校の生徒と話し合いにきているはずなのに、どうして全裸の状態で、生徒から愛らしいなどと言われているのか。

「っはあ、んっ！」

怒りと驚愕でいっぱいになっていた未月だったが、ふうっと耳に息を吹きかけられた瞬間、無意識に鼻から抜けるような、甘い声が漏れてしまった。

な？　と愉快そうに雅道が言い、本当だ、と香奈目が耳元で言う。

「お前本当は、すげぇ感じてるんだろ」

耳たぶを挟むようにして、雅道が囁いてきた。香奈目も耳に優しくくちづけてきて、濡れた音が頭に響く。

「っい、やっ、やめっ」

そのたびに、ぞくりぞくりと、甘い痺れが腰から湧き上がってきてしまう。

その状態で、すっかり尖《とが》った胸の突起を、雅道は指の腹でそっと撫でる。

ぴりぴりするような痛みの中にかすかに疼《うず》くような快感が混じってきて、それに動揺する間もなく、香奈目の指が腿の内側を撫でた。

「かっ、香奈目、駄目っ……あっ、ぁあっ」

「駄目じゃねえだろ。タオル、持ち上がってるぞ」

わざと耳を唇でかすめるようにして雅道が言い、未月は顔から火を噴きそうに感じる。

確かに自分のものが、再び頭をもたげていたからだ。

「本当だ。これでは落ち着いてクロッキーはできませんよね」

「やめろ、やめろ、いやだっ」

拒絶も虚《むな》しく、香奈目は腰のタオルを取り払ってしまう。

「ほら見ろ、触られてもねぇのに、がちがちじゃねぇか」

「こ、こんなこと……するから、だから」

あまりの恥ずかしさに、唇がわなないた。慰めるように、香奈目が優しく言う。

「先生の身体は、すごく感じやすいんですよ。なにも悪いことじゃない。気にすることないです」

生徒にこんなことを言われて気にしない教師がいたら、そのほうが大問題だ。そう思ったものの、反論するどころではない。

「頼むから、もう、やめてくれ。触らないでくれ」

懸命に懇願するが、雅道はニッと笑った。

「ああ、いいぜ。そこには触らないでやる」

「えっ、あっ！」

きゅうきゅうと、再び胸を責められて、ひりつく痛みに未月は顔をしかめる。反対側の突起にも、香奈目の指が触れてきた。

「いた、い……っ、や、あ」

「でも先生、濡れてきてますよ」

言うと同時に耳の中に舌を差し込むようにされて、未月は背をそらせた。

「先っちょから溢《あふ》れそうにさせて、いやいや言ってんじゃねぇよ」

雅道も熱い吐息と共に、耳元でいやらしく囁いてくる。

「あっ……、あっ、あ」

じわじわと与え続けられるもどかしく甘い感覚に、未月は身をよじらせた。

こんなふうに、やるせなさにどうしようもない状態にしておいて、雅道は香奈目に話しかける。

「なあ香奈目。お前、こんなエロいモデルでデッサンやクロッキーができるなら、たまには登校してもいいんじゃねえか」

「そうだな。貴様にしては悪くない提案だ」

「っ……ん、は、ああ」

エロいモデルなどという、雅道の言語道断の自分に対する形容を、冗談ではないと叱責したい。

けれど未月はもう、ゆるゆるとした愛撫《あいぶ》にもどかしさのあまり、自ら腰を揺らしそうになるのを堪えるだけで精一杯だった。

　冷静な会話など、とてもできる状況ではない。むしろこの状況で説教などできるような
ら、こちらも相当におかしな人間ということになる。

「ねえ、先生。……先生が夏休みまでの毎週日曜日に、こうしてヌードモデルをしにきて
くれたら……そうだな、夏休み明けには学校にいってもいいですよ」

「毎週？　か、香奈目、そんな……っ」

　耳の後ろにちゅ、とくちづけられて、未月はきつく目を瞑る。

「よかったじゃねぇか、先生。これで一件落着だな」

　なにが一件落着だ。絶対にイヤだ。モデルなどと言ったって、きっとまたこうしていい
ようにオモチャにされるに違いない。

「週に一度のお楽しみってわけか。面白そうだ」

「待て。貴様も参加するつもりか？」

　不満そうな香奈目に、当然だ、と雅道はうなずく。

「俺が最初に目をつけて脱がせたんだからな」

「……確かにそれはそうだが。……仕方ない、許可してやろう」

　教師だとか男だとか、おそらく社会的なモラルはこの連中には通用しないのだと、二人

の会話を聞きながら熱に浮かされたような状態で、未月は悟っていた。

「や……イヤ、だ。し、しない。モデルなんて、もう……っあぁ！」

それまで触れられなかった未月のものが、雅道の手のひらに包まれる。ダイレクトな刺激に、開かされている足ががくがくと震えた。

「なに？　返事がよく聞こえなかった。もう一回、言ってみろ」

「先生、俺も、よく聞こえませんでした」

「っひ、や、あっ」

雅道の指が根元を拘束し、香奈目の指が先端を刺激してくる。

「やめ、やめてくれ、こんなこと」

顎を上げて喘《あえ》ぐ未月の目から、ぽろっと涙が転がり落ちた。

その涙に、香奈目が優しくくちづけてきて、未月はさらに混乱する。

「約束してくれるまで、いかせませんから」

そんなことを敬語で言われても、敬う気持ちは微塵《みじん》も感じられない。

「二人とも、どうか、してるっ……っあ、あ」

はっ、はっ、と未月は短く苦しい息をつく。熱くて頭がぼうっとして、なにも考えられなくなってしまいそうだ。

首筋に汗が伝うのを感じる。自分の心臓の激しい鼓動と、指先で弄られる濡れたいやらしい音が頭の中で反響して、おかしくなりそうだった。

「いいのか、ずっとこのままで。何時間も、朝までも、俺たちは楽しいから構わないが。……お前は辛いだろう」

当然だ。そんなことになったら、心も身体もまともではいられなくなってしまう。

「た、のむ、から……っ、も、やめ」

「じゃあ、約束してください。お願いします、先生」

「いいって、いきたいって、言えよ」

両側から耳に唇が触れる状態で言われ、未月の頭の中は真っ白になる。

これ以上、一分でも我慢などできない。

「す、する……っ、約束、するからぁ……っ！」

涙混じりの声で言うと、雅道は根元から強く未月を擦《こす》りたてる。

香奈目は胸をまさぐりながら、耳のすぐ下の頸動脈《けいどうみゃく》付近に、唇を押しつけて強く吸った。

「あ、あ……あああっ！」

びくびくと腰を跳ねさせて、未月のものは再び勢いよく弾けてしまう。

肩で荒い息をし、涙と汗で汚れた顔を拭《ぬぐ》うこともせずにぼんやりしていると、香奈目が落ちていたタオルを渡してくれた。

雅道はまったく気遣う素振りもなくさっさと立ち上がり、思い切り伸びをする。

「なかなか楽しませてもらった。いい担任を持ったな、香奈目」

「少し遊びすぎたかもしれない。可哀想に、まだ震えているぞ。まあ、確かに楽しかったが」

二人の会話を聞きながら、お前らは人間じゃない、鬼だと言いたかったが、その気力すら今の未月にはなかった。

強制的とはいえ、生徒と保護者の目の前で醜態を晒したショックで、呆然とするばかりだ。

「ほら、風邪《かぜ》ひかねぇようにな」

雅道は未月の服一式を持ってくると、バサッと椅子の上に置く。

立ち上がるにも腰が抜けたようになっていた未月には、それはありがたい行為だった。

香奈目と話をしようにも、裸のままではどうにもならない。

おぼつかない手つきでなんとかシャツのボタンを留め、下着を身に着けていくと、少しずつ頭がしっかりしてくる。

「……香奈目」

気まずさと羞恥と情けなさで、とても真面目な話ができる雰囲気ではなかったが、それでも未月は本来の目的を果たすべく香奈目に言った。

「……その、こんなことになって、きみは俺を軽蔑《けいべつ》しているかもしれない。で、でも俺は教師として、香奈目に登校して欲しいんだ」

そう言いつつも未月は、悪いのは全部この男だ、と雅道を睨む。

自分を裸にして辱《はずかし》め、耳が感じるなど妙なことを言い出すから、興味本位で香奈目ものせられてしまったに違いない。

その判断は正しかったらしく、先刻までの強引さや雅道への態度とは打って変わって、香奈目は穏やかに未月に微笑《ほほえ》む。

「軽蔑なんて、していません。つい、あんまり先生が可愛らしいから、手が出てしまいましたけど」

「かっ、可愛い？」

唖然《あぜん》として聞き返すが、香奈目はやはり品のよい笑みを浮かべたままだ。

「はい。ですから先ほどの、ヌードモデルの約束を守ってくださいね。そうしたら、登校するか検討します」

なんということだ。そもそも、自分の担任教師が目の前で達するのを見て、可愛いなどと感じる男子生徒がこの世にいることが、未月にはとても信じられない。

やはりこの無茶苦茶な家庭環境は、香奈目に相当の悪影響を及ぼしているに違いなかった。

「……少し考えたいから、時間をくれ。できれば香奈目も、再考して欲しい」

個人的に勉強を教えてもらいたいとか、今のクラスに馴染《なじ》めないなどという、高校生らしい悩みや相談事ならばいくらでも協力するのに、担任教師に全裸でモデルをさせることを条件にするというのは、あまりに理不尽ではないか。

なんとか考えなおして欲しかったのだが、香奈目はにここと愛想よく言った。

「ええ。次にいらっしゃるまでに、どんなポーズをしていただくか、楽しみに熟慮させていただきます」

雅道と違って言葉遣いも態度もいい分、かえって気味が悪い。

ともかく、この日はもうとっくに未月の精神力は尽きかけていた。

挨拶もそこそこに逃げるようにして笠嶋邸を出た未月は、香奈目の不登校問題をどうしていいのかわからず、途方にくれたのだった。

あの悪夢のような家庭訪問で、生徒とその保護者にひどい目に遭わされた衝撃から、未月は数日立ち直れずにいた。

二度と笠嶋家によりつかないことは可能だし、そうすることが一番リスクを負わないともわかっている。

けれどまだ未月は、香奈目を登校させることをあきらめられなかった。

あの物騒な変人の叔父がいたため、結局ろくに話ができず、香奈目の不登校の原因さえ聞き出せていない。

理由を聞き、解決できるようなら手を貸すことが、担任教師として当然の役割だ。そこから逃げ出しては、生徒を見捨てることになる。

そしてよくよく考えればあの家庭訪問は、まったくの無駄ではなかった。

少なくとも、笠嶋家が家庭としての機能を失っていること、保護者であるはずの肉親がすべての保護義務を放棄《ほうき》していることがよくわかったからだ。

国内にいない母親はどうしようもないにせよ、同居しているあの男をなんとかしなくてはならない。

だから現在、もっとも香奈目に悪影響を与えているであろう諸悪の根源ごと説得しなくては、と未月は思うようになっている。

香奈目の態度そのものはしっかりして、もちろん行動に問題はあったものの、未月に反抗的ではなかった。

きちんとした生活をさせ、一から躾《しつけ》をすれば、素直ないい青年に更正される可能性は残されているはずだ。

そう考えた未月が決死の覚悟で笠嶋邸へと赴いたのは、モデルをする予定の日曜日の前日である、土曜の夕方だった。

「先日うかがいました、香奈目くんの担任の秋谷です。本日は保護者の方にもご相談があって参りました」

前回の訪問でのあれこれを思い出すとはらわたが煮えくり返りそうなのだが、それをぐっとこらえて未月は言う。

スピーカーからは、あ、そう、と雅道の気が抜けた返事がかえってきて、あっさりと門が開いた。

玄関ドアを開けた雅道は、不思議そうに未月を眺める。

「モデルの約束は明日だったよな。なんだ、露出の趣味に目覚めて待ちきれなくなったのか」

冷静に、冷静に。心の中でつぶやきつつ、未月は懸命に穏やかな声を出す。

「……モデルの件は、まだ検討中です。先日は目的を果たせなかったので、本日はきちんとお話をしようと」

「なんだ、まだやるかやらねぇかも決めてねぇのかよ」

たびたびの挑発的な物言いに、早くも両拳が腰の脇でぷるぷると震え始めていた。

まあ座れ、とリビングに通されたものの、先日以上にソファはものに埋もれていて、どこに腰を下ろしていいのかわからない。

仕方なく、未月はソファの近くに所在なく立っていた。

雅道は散乱した衣類などの上に、平気でどかっと腰を下ろす。

「まだだったら、今決めろ。モデルをやれば、香奈目は登校する。どこに問題がある」

「簡単に言わないでください。プロが職業意識に徹してやるならともかく、こちらは芸術に縁のない一介の教師です。恥ずかしさを感じるなというほうが無理でしょう」

「温泉にでも入ると思えばいいじゃねぇか。いっそ三人で脱ぐか」

「はあ？　だ、だから何人で脱ぐとかそういう問題じゃなく」

「生徒ごときのためには脱げないってのか」

「違います！　羞恥心があるのは当然でしょう！　だ、第一、モデルだけじゃなくあんなことまでされて」

「わがままな先生だなぁ」

げんなりしたように言われて、今にも額の血管が切れそうだった。

滅茶苦茶な条件を受け入れないからといって、なぜそれがわがままということになるのか。それにこちらが裸だからと、面白がってつついて遊んだのはどこのどいつだ。

思わず、ふざけるな！　と詰め寄ろうと雅道のほうへ一歩踏み出した瞬間、ゴロッとなにかが足の下で転がった。

「わあっ！」

視界がひっくり返り、未月は思い切り尻餅《しりもち》をつく。どうやら、放置されていた空き瓶を踏んづけてしまったらしい。

「なにやってんだ、先生」

「なにって、こんなものを床に転がしておくからじゃないか！　なんで資源ゴミに出さないんだ。だいたい……」

腰をさすりながら立ち上がった未月は、妙な重さを感じる。

見ると上着の裾にガムテープが貼り付き、その先にダンボールの空箱がくっついていた。

もう無理だ。とても冷静に会話ができる環境ではない。

「……あんたは、片付けるって言葉を知らないのか！」

「そんな言葉、知ってるに決まっててんだろうが。それがどうした」

皮肉さえ通じずに、未月はがっくりと脱力する。俯いた視線の先にも、空き缶や紙くずが転がっていた。

こんな環境で生活をするなど、とても未月には許容できないのだが、ずっとこのままでいると感覚が麻痺《まひ》してしまうものなのだろうか。

これでは心が荒《すさ》んでも無理はない、と嘆いていると、奥のドアが開いて香奈目が顔を出した。

「やっぱり、先生。門から入ってこられるのが見えたので」

「なんだお前。いつもは客がこようが俺に任せきりのくせに」

雅道の言葉に、香奈目はムッとした顔をする。

先日、自分の醜態を見ていたのみならず、破廉恥《はれんち》な行為に加わっていた生徒がどんなつもりでいるのか気がかりだったし、とても心配で気まずかった。

しかし未月は、できるだけなにごともなかったような顔を装っている。

少なくとも今の様子を見る限りでは、こちらを軽蔑しているようには思えない。やはり雅道にのせられた結果の、悪ふざけだったのかもしれなかった。

少しだけ安心した未月は、今日の目的を思い出して言う。

「部屋から出てきてくれてよかった、香奈目。モデルのこととは別に、改めて話がしたかったんだ」

そう言ったものの部屋の惨状に心を痛めた未月は、言葉で説得するだけでは駄目だと思い始めていた。このゴミ溜めを、とてもそのままにはしておけない。

「……しかしその前にとりあえず、掃除機を貸してくれないか」

「掃除機？」

二人で同時に言い、ぽかんとした顔をする。未月はきっぱりとうなずいた。

「ああ。それから雑巾《ぞうきん》だ。こんな環境で暮らしていたら、不衛生だし気持ちも不安定になる」

まずは環境整備から、と思ったのだが、雅道は長い腕を組んで眉を寄せた。

「掃除機だぁ？　ねぇな、そんなもん」

「ない？」

いくらなんでもそんなわけはないだろう、と未月は香奈目を見るが、品のいい色白の顔には、困ったような表情が浮かんでいる。

「すみません。本当にないんです。ゴミは、たまには俺が出してますから、溢れるってことはないですし」

それにしたって、まったく部屋を掃除せずにいられるものなのだろうか。

「普段はどうしているんだ。……箒《ほうき》かチリ取りは」

「それもねぇよ。……いつだったか、掃除専門の連中を呼んでやらせたこともあったが、まあ別にしなくても減るもんじゃやねぇしな」

「減るんじゃない、このままじゃ確実にゴミが増えるんだ、ダニもカビも埃も！」

説教しても、ふーん、と雅道は興味なさそうに、気の抜けた相槌《あいづち》を打つだけだ。

香奈目もきょとんとした目をして、雅道と未月を交互に見ている。

ハウスダストの問題など、おそらくこの二人は考えたこともないだろう。

けれどいくら言っても、暖簾《のれん》に腕押し、糠《ぬか》に釘であろうことは想像がつく。

これはやはり自分がなんとかするしかない、と未月は腹を括《くく》った。

「香奈目。悪いが、古いタオルがあったら何枚か持ってきてくれないか」

「タオルですか。わかりました」

香奈目が素直に返事をしてリビングを出ていってから、未月は雅道に向き直る。

「台所はどっちだ。案内してくれ」

「台所？　なんだ、酒か？」

言いながら歩き出した雅道の後を、まだなにもしていないのに、すでにひどく疲れた気持ちで未月は追う。

なぜ台所イコール酒なのか、雅道の思考回路が謎だったのだが、間もなく未月にも理由がわかる。

「飲みたいもんがあったら、好きに選べ」

業務用かと思うほど大きな冷蔵庫の扉が乱暴に開かれ、その中を見て未月は呆然としてしまった。

棚という棚に、ここはコンビニかと思うほどのビールや洋酒、ミネラルウォーターやカクテルなどの缶と瓶がぎっしりと詰まっていたからだ。

――というより、それだけしか入っていない。どの棚にも引き出しにも、肉や野菜どころか調味料もなかった。

予想していたことではあったが、それ以上のひどさだ。

冷蔵庫だけではなかった。広いシステムキッチンは真っ白で一見綺麗だったか、よく見るとシンクの上にはうっすら埃が積もっている。

食器棚にわずかに皿はあったが、おそらく使われてなどいないだろう。

先日、雅道が使っていたコップも使い捨ての紙製だった。

設置されている食器洗い機も未使用らしく、一部にビニールがかかったままだ。

「なんだよ、飲むんじゃねぇのか」

首をかしげている雅道を尻目に、未月は造りつけの棚の中を検分する。

住み始めた当初に誰かが用意したのか、まな板や包丁、鍋《なべ》などは真新しいものがあった。

ここまでひどいと、むしろ未月は俄然《がぜん》やる気になってきた。生徒の家庭を、このままにはしておけない。

冷蔵庫の前で怪訝《けげん》そうに自分の様子をうかがっている雅道に、未月はキッと振り向いた。

「香奈目だけじゃない。あんたのことも俺が更正させるから、そのつもりでいろ」

「こーせい？　どういうことだ」

「健康的な普通の生活をさせてみせる！　バランスのいい食生活、清潔な衣類、ゴミのない部屋！」

当たり前のことなのだが、この家の中にいるとそれがとてつもなく壮大な、難しい作業のように感じられる。

雅道は特に感銘《かんめい》を受けた様子もなく、その表情は淡々としたままだ。

「ふーん。今日はそんな理由で、わざわざきたってのかよ」

「本来なら香奈目にそういう生活をさせるのが、あんたの義務だと教えるためにきた。だがどうあってもあんたがやらないなら、俺が香奈目の保護者代わりになる。それだけのことだ」

絶対に引き下がらないぞ、と毅然《きぜん》として言うと、雅道は口をへの字にしつつもうなずいた。

「まあ、なんでもいい、好きにしろ。ただしうちにくるなら、今後はヌードモデルとしてだ。やらねぇなら家には入れねぇぞ」

「なんだと?」

「どうする?」

雅道は腕を組んで、薄笑いを浮かべている。

「しょせん教師なんてのはそんなもんだ。熱血ぶったところで生徒なんてのは他人のガキ、一回脱いだ程度が限界で、また裸になるくらいならどうにでもなれと思ってんだろ」

「そっ、……そんなことはない!」

「じゃあ明日からだな」

「……もう少し、時間をくれ。その。……今日中になんとか結論を……」

「先生、これでいいですか」

答えあぐねているところへ、香奈目がタオルを持って戻ってきた。

しかし、やたらとふかふかした手触りに、未月は難しい顔つきになる。

「新品のブランドものじゃないか、もったいない。もっとこう使い古しというか、洗いざらして捨てていいようなものはないのか」

おそらく雑巾などないだろうから、古いタオルと言ったのだが、どこの家庭にもありそうなそうしたものまで、笠嶋邸には存在しないらしかった。

「捨ててもいいようなもんは、どっかその辺にゴミとして転がってる。わざわざ置き場所を確保してるわけねぇだろ」

怪訝そうに雅道が言い、香奈目も未月の意図がわからないらしかった。

「いや……つまり、雑巾代わりにしたいんだ。汚れを拭くから、これじゃもったいない」

「使わないタオルが箱のまますたくさんあるので、どうぞ雑巾にしてください。挨拶だのなんだので、やたらと貰《もら》うんです」

そう言われて未月は、手の中の可哀想なタオルを見つめる。

ブルジョアどもめ、と心の中でつぶやいて、仕方なくそれで掃除をすることにし、一本ずつ二人に渡す。

「とにかく、この埃をなんとかしなきゃ駄目だ。料理を作るにも台所がこんな状態じゃ、なにもできない。濡れ雑巾で拭いてから、空拭きをしよう」

「……まあ、運動不足だからな」

ふしょうぶしょうといった感じで、雅道はタオルを眺めた。

「たまには気分転換に、身体を動かすのもいいか」

かったるそうに言うものの、シンクでタオルを濡らし始めた雅道に、未月はホッと安堵する。香奈目もそれに続き、タオルを濡らして絞った。

それから三人で拭き掃除を始めたのだが、大の男が三人とあって、台所はあっという間に綺麗になっていく。

もちろん、使用されていなかったため油汚れなどがまったくなく、表面の埃を拭っただけというせいもある。

「よしっ、次はリビングだ」

晴れ晴れとした気分で、未月は次の指示を出した。

雅道は極めて適当に、どうでもよさそうにその辺を拭いていたが、手を動かしたことは評価したい。

だが常識が欠如していることもまた、間違いなかった。

「まずは、ゴミを分別することからやらないとな。燃えるゴミの日はいつだ？」

「そんなもん、燃やそうと思えばなんだって燃えるだろうが」

「そういう意味じゃなく！　可燃と不燃、資源ゴミという種類が決まっているだろう」

「資源と思えばなんだって資源じゃねぇか。生ゴミだって肥料になんだろ」

さすがに世話好きの未月も、げんなりしてくる。

「最初から香奈目に聞くべきだった。あんたは窓でも拭いていてくれ」

どうにか気を取り直してリビングに散乱したゴミをまとめていくと、人工か本物かわからないが、大理石の床が姿を現した。

せっせと未月はそこを拭くが、なにしろ無駄に広い。

すでにしばらく前から雅道だけでなく、香奈目も飽きたか疲れたようで、溜め息をついてソファに座ってしまい、なにも言わずにこちらを眺めている。

そんな二人に腹が立ちはしたが、それ以上に未月の意識は別のことに向いていた。

――ああもう。今ここにせめてモップがあったら！　それにガラス用洗剤があれば、ガラス戸も窓も一気にぴかぴかになるのに！

あれもこれも、家から持ってきたい。整理整頓《せいとん》してすっきりしたリビングを、未月自身が見たくてたまらなくなっていた。

山ほどある洗濯物にしてもそうだ。ぐしゃぐしゃの皺だらけの布が、洗剤の爽《さわ》やかな匂いをさせてぴしっとアイロンがかけられたところを想像すると、いてもたってもいられなくなってくる。

雅道だって床屋にいかせ、新しい服を着させれば、見た目だけはきちんとした大人に見えるに違いない。

そしてなにより香奈目を、不登校などという状態にさせていたくなかった。

制服を着させて授業に出させ、学校行事に参加し、友人たちと楽しそうに騒ぐところが見てみたい。

もっときちんと、もっと普通に！

呪文のように繰り返しながら、未月は黙々と手を動かす。

すぐには無理でも、いつかきっと香奈目にはこの気持ちが伝わるはずだ。

「どうだ、綺麗になっただろう」

ようやく片付いたリビングのソファで、巨大な冷蔵庫から香奈目が持ってきてくれた缶入り飲料を飲みながら、未月は満足そうに部屋を眺めた。

少しは感謝しろと思いつつ言ったのだが、雅道は不思議そうに片付いた室内を見回している。

「お前、こんなことしてなにが楽しい」

「なっ、なにが楽しいって、整理整頓されていると気持ちがいいとかすっきりしたとか、あんたはなにも思わないのか？」

なんて働き甲斐《がい》がないんだと嘆《なげ》くと、雅道は肩をすくめる。

「別に。住めればそれでいい」

がっくりとしたものの、香奈目の顔を上目遣いに見ると、そちらは心なし嬉しそうな表情を浮かべていた。

「ありがとうございました。先生のおかげで、とても居心地よくなったと感じます」

「そうか、そうだろう？」

よかった、香奈目には少しはまともな感覚が残っていたのだ、と未月は胸を撫で下ろす。

「なにか食べるにしても、こういう室内のほうが美味《おい》しく感じるし、健康にだっていいはずだ」

「本当にそうですね。心からお礼を言いたいです。先生がいらしてくれたから、そういうことに気がつくこともできました」

そうかそうか、と未月は目を細める。考えていたとおり、香奈目はとても根は素直でいい子なのに違いない。

家族がおかしすぎるから、悪影響を受けているだけだ。

特にこの変人。ますます雅道への憤《いきどお》りを深くしている未月に、当の本人は欠伸《あくび》をして億劫《おっくう》そうに言う。

「で、明日はモデルをやるんだろうな。今日これだけ、お前の好き勝手にさせてやったんだ」

「あんたの家を掃除してやったのに、なんだってそんなに偉そうなんだ！」

「誰がしてくれと頼んだ。そもそも、俺は家に他人を入れるのでさえ嫌いなんだ」

雅道は疲れたように溜め息をつき、腕を組んで未月を見る。

「あんたって人は……」

ぎりぎりと歯噛みをしている未月に、香奈目が宥《なだ》めるように言った。

「先生、お願いします。今日、先生といて、とても楽しかったですし」

「……香奈目」

やっとのことで、本題に入れる。

未月は背筋を伸ばし、表情を改めて、正面のソファに腰掛けている生徒の色素の薄い瞳を見つめた。

「ずっと聞きたかったんだ。どうして学校へこないんだ？　今日も一緒にいて不思議だった。お前なら登校しても、なんの問題もなく学校生活が送れるように思うんだが」

「ああ、そういえば、もともとそれが理由でいらしたんでしたよね。わざわざ自宅までご足労いただいて、申し訳ありませんでした」

ぺこっと頭を下げる香奈目は、どう見ても優等生タイプだ。未月はわずかに眉を寄せて尋ねる。

「いや。謝るよりも教えてくれ。……学校にこない理由はなんなのか。友達ともめたりしたのか。それとも、こいつが原因か？」

指を差された雅道はムッとした顔つきになり、香奈目は違いますと首を振る。

「俺が雅道ごときに生き方を左右されるなど、ありえないことです」

「ほら言っただろ。こいつはこういう、可愛げのねぇやつなんだよ」

雅道はもう一度欠伸をし、立ち上がって台所へと向かう。

「それじゃあ、原因はなんなんだ」

雅道は放っておくことにして重ねて聞くと、香奈目は淡々とした表情であっさり答える。

「つまらないからです」

「……つまらない？　……それから？」

「それだけです。あの学校には、興味を引くものがなにもない。先生の前で言うのもなんですが、授業は教科書をまとめただけですし、自宅で学べば充分に好成績が望める。わざわざ教室に赴く理由が見当たりません」

平静な声でずけずけと言われて、未月は一瞬、返事に窮した。

なるほど、雅道が子供扱いしないのもわかる気がする。

クラスではみ出してしまったヤンキーやいじめで悩む生徒と、香奈目は根本的に違うらしい。

けれど未月は決して香奈目の言葉を、肯定的に受け入れたわけではなかった。

「だがな、香奈目。試験はそれで通用しても、学校は小さな社会でもある。社会人になる前に、身につけるべきことがあるはずだ」

「正直、俺にはクラスメートが子供すぎて、社会性を身につけるという状況とは、程遠いと感じます」

「確かにきみは大人びている。しかし他人に合わせたり、一つのことを共同で作業するということは、独学では学べないだろう」

やはり多少、この異様な家庭生活が香奈目を歪めているらしい。

ありあまる金銭と恵まれた容姿、頭脳明晰《めいせき》な上に人の情にあまり触れていないせいか、どこか同年代の生徒たちを見下している雰囲気が感じられた。

子供と一緒に行動するなどバカバカしいと思ってしまうのだろうが、未月に言わせれば、それもまた子供の心理だ。

「だからこいつは、いく気がねぇから、いかねぇだけだって」

台所から戻ってきた雅道は、手に缶ビールを持っている。

「あんたは保護者として、そんな我儘を放っておいたら駄目だろうが！」

未月は立ち上がって雅道からビールを奪い取り、テーブルの上に置く。

「俺だって、授業なんてもんには興味なかったからな。あんなもん、暗記すりゃいいだけじゃねぇか」

「だから、学校は勉強だけの場ではないと言っただろう！」

おそらくこういう考え方は、本来なら物心がつく前後に親が叱《しか》ったり、矯正《きょうせい》したりするべきことを放ったらかしにされた結果だ。

「……なあ、香奈目。よく考えてみてくれ。学校というのは授業だけじゃない。様々な行事もある。それになにより、友達や仲間を作ることは大切だ」

未月はあきらめず、根気よく説得を続けた。裸にまでなって、ようやくつかんだ機会だ。なんとしてでも、香奈目を学校に連れ戻してみせる。

一時間も話した頃だろうか。そろそろ帰らなくては、という時間になって、ようやく香奈目は心を動かしてくれたらしかった。

「わかりました。……先生がそこまで言われるのでしたら、俺も考えてみます」

「本当か？」

喜びかけた未月だったが、まだ話は終わっていなかった。ただし、と香奈目は続ける。

「俺のモデルをしていただければ」

「またそれか……」

しつこさに溜め息をつく未月に、香奈目は続ける。

「先日、雅道のモデルをされていた先生を見て、非常に創作意欲を刺激されたので」

この前の一件を思い出すと、人の身体で遊んでおいてなにが創作意欲だと思うのだが、未月は考え込んだ。

今日の様子では、もうあんなふざけたことにはならないのではないだろうか。

なにしろ変わり者の二人だし、学校を見下していたふしもある。そのため先日はこちらに対していい感情を持っておらず、あんな嫌がらせをしたのかもしれない。

そんなことを考えていると、殊勝《しゅしょう》な口調で香奈目が言った。

「ええと。この前はちょっと、調子にのってしまって……気を悪くされているかと案じていたんですが、悪意はないんです。今日先生がきてくれて、ホッとしました」

その言葉が駄目押しとなり、未月は自分の推測が正しかったとの思いを深める。

めげずに訪ねてきて、掃除に汗を流した自分を、少しは認めてくれたということではないだろうか。

それに未月は掃除をしながら、気がついていた。自分はどうやっても、この家庭を放ってはおけない。

香奈目のことを含めて、まだまだやり残したことがこの家にはたくさんある。

「それなら、まあ……本当に、モデルだけということなら……」

「決まりだな」

雅道が言うと、香奈目もうなずく。

「先生がモデルをしてくださるなら、この前言ったように、俺も約束します。夏休み明けには、学校へいきます」

「わかった。約束だな。絶対だぞ」

考えてみれば自分は二人のためを思い、一生懸命になっているだけなのに、なぜ条件など提示されてしまうのだろう。ちらりとそんな思いも頭をかすめる。

もちろん、どんなに説得しても聞いてもらえないよりはいいし、これで本来の目的が達成されるのなら喜ばしい。

少しくらい恥ずかしい思いをしても、それで生徒が一人復学するなら、ここは踏ん張るべきだろう。

明日は必ずモデルをすると約束して、未月は笠嶋邸を後にしたのだった。


翌日の日曜日。約束どおり、未月は先日と同じリビングの奥の画材だらけの部屋で、もそもそと服を脱いでいた。

季節は春の盛りを迎えて気温はだいぶ高いが、さすがに裸だと寒いと思ったのか、室内にはエアコンがつけられている。

未月にはなんという名称なのかわからないが、練習用らしき大きなノートのようなものを雅道と香奈目は手にしていた。

例の長椅子に二人して座り、じっとこちらを眺めている。

先日と同じように未月は貴重品は棚に入れ、フックのハンガーに上着などをかけていく。

「……こ、こっちを見るな。二人とも向こうをむいていてくれ」

見られながら服を脱ぐのが、どうしても恥ずかしい。

「なに照れてんだよ。お前、俺たちのこと意識してんじゃねぇのか」

嘲笑するような言葉に、未月は唇を引き結ぶ。確かに、男が男の前で服を脱ぐのに、必要以上に恥ずかしがるほうがおかしいのかもしれない。

「別に、恥ずかしいわけじゃないぞ！　でも緊張するんだ。裸のモデルをするなんて、考えたこともなかったんだからな」

「それは当然です。わかりますよ、先生」

にっこり笑って香奈目は言うが、いずれにしてもこのままでは脱ぎにくい。

「わ、悪いが香奈目も、ちょっとあっちを見ていてくれ」

背後にある石膏像を指差すと、香奈目は素直に、雅道はめんどうくせえと文句を言いつつ、そちらへ顔を向けてくれる。

よし、と未月は覚悟を決めるが、もしもまた触れてこられたら、耳たぶをそっと唇がかすめたら、自分は自制できるだろうか。

そんなことを考えると、やはりドキドキしてきてしまってどうにもならない。

けれどいつまでも躊躇していたら、意識していると認めたことになってしまう。

自分はきっと、つまらない心配をしすぎている。女性だってヌードモデルをするのだから、異性か同性かなどということを気にすることに意味はない。

そんなことを考えるほうが恥ずべき感覚で、淡々とポーズをとるべきだ。そうでなくては、あまたの芸術家たちに失礼ではないか。

未月は頭の中でぶつぶつとそんなことを自分自身に言い聞かせながら、機械的に手を動かして服を脱いでいった。

こちらが恥ずかしがれば、余計に雅道は面白がるだろう。そうすると、香奈目もその雰囲気につられて巻き込まれるに違いない。

——なにも悪いことをしているわけじゃない。堂々としていればいいんだ。

しかし脱ぎ終えて振り向くと、二人ともしっかりこちらへ顔を向けている。

「見るなって言ったじゃないか!」

「いちいち細けぇな。どうせモデルを始めれば見られるだろうが」

そんなことはわかっているが、裸になるところを見られていて気分がいいはずがない。

だが、そんなことを雅道に言ってもきっと無駄だ。なにしろ普通の神経をしていないのだから。

早くも堂々とした態度を崩してしまった未月だったが、ここでくじけてはならじと顔を上げる。

それからつかつかと、二人の座っている椅子に歩み寄った。

香奈目がさっと立ち上がり、こちらへ、というように優雅な動作で右手を差し出す。

未月はうなずき、こんなことはなんでもないのだ、という顔をしてそこへと座った。

「ポーズの付け方は順番だ。最初は俺からでいいな」

雅道が言い、香奈目がうなずく。

この前は不意打ちであんな状態になってしまったが、今日は心の準備ができていた。

自分はモデル、この二人は生徒と保護者、と未月は何度も頭の中で繰り返していた。

そんな未月を、雅道はやはりどこか面白そうに見下ろしてくる。

「よし、じゃあ最初のポーズだ。……両手を上げて頭の後ろで組め。それからできるだけ足を開いて」

「え、こ、こうか」

ぐいと足を開かれると、やはり未月はうろたえてしまう。

「背中を丸めるな。反らす感じで」

なんだか、すごくいやらしい格好な気がするのだが、そんなことを考えるとまた妙なことになりそうで、未月は文句を飲み込んだ。

けれど香奈目が、率直に指摘する。

「ちょっとこのポーズは、淫《みだ》らに見える。貴様の感性は下品だからな」

「ああ？　生意気なことを言いやがって。俺が描けば上品に仕上がるんだよ」

「いや、仮にも俺の担任教師だ。貴様の悪趣味にはつき合わせられない。……先生、少しポーズを変えましょう」

「そ、そうか？」

内心で未月は、ありがとう香奈目！　と歓喜の声を挙げていたのだが。

「いっそ椅子に乗ってしまってください。足は前に投げ出して座って、左手を斜め後ろについて、重心は後ろに。あ、右膝曲げましょう。それで右手は足の間に。顔は天井に向けてください」

言われるままにやってみるが、こちらはすごく身体がきつい。

「香奈目、こ、これもちょっと」

思わず言うと、爽やかな笑顔を向けられる。

「なんですか？　とてもよくなったと思いますよ。なぁ、雅道もそう思うだろう」

「悪くはねぇが、平凡だな。先生もきつそうだし、もう少し簡単なポーズでもよくねぇか」

雅道は未月を長椅子の上に、横向きに正座させる。

「で、ちょっと腰を浮かせろ。腿を開いて、踵《かかと》を手でつかむ」

「う……」

簡単なポーズなどと言うが、やはり身体は辛い。

やってやれないことはないが、どこかの筋がつってしまいそうな苦しさに眉を寄せると、香奈目が感心したように言う。

「マニアックな気もするが、なかなかいいな。淫らな構図に関しては、品性下劣な貴様のほうが詳しそうだ」

「いや、これがエロく見えるのは俺のせいじゃねぇよ。この先生がエロいんだ」

「なっ、なに言って」

未月が喚いて体勢を戻そうとすると、香奈目の手が柔らかくそれを制する。

「じっとしていてください、先生。辛いですか？　もう全然、我慢できないくらいに？」

「っぁ！」

耳元で囁かれて、思わず小さな声が漏れてしまった。

「え？　どうかされたんですか、どこか痛かった、とか」

いちいち吐息と共に、耳に吹き込むように言われて、裸の身体がぷるぷると震え始める。

「そ、そんなに耳の傍で言わなくても、聞こえる」

まずい。これではまた、前回と同じようなパターンに持ち込まれてしまう。

踵から手を離し、耳をかばった未月に、雅道は不満そうな声を出した。

「おい、勝手にポーズを解くな。十分程度も動かずにいられねぇのか」

「だが、この体勢も辛い。……もう少し、違う格好じゃ駄目か」

きついだけでなく、両手を踵で持つと自分から腰や胸を前に突き出す状態になってしまい、かなり恥ずかしい。

懇願すると、渋々といった顔で雅道が寄ってくる。

「あれもこれもしんどいって、まったく仕方ねぇ先生だな。じゃあ、うんと楽なポーズにしてやるから、もう文句を言うなよ」

「わかった、頼む」

助かった、とホッとしたのは、束の間のことだった。

「じゃあ、手を前につけ。それから……」

次に取らされた格好は、確かに楽だ。しかし恥ずかしさは、何倍にも増している。

「待ってくれ、こんなの、俺は」

長椅子の上で四つん這《ば》いのポーズを取らされ、末月はまたも抗議の声を上げる。

「なんだ、これなら楽だろ」

しかし雅道はその後に笑いを含んだ声で、しかしエロいな、とつぶやいた。

「わ、わかった、いいからもうさっさと描いてくれ」

たった十分の我慢だ。未月はぎゅっと目を閉じて、時間の過ぎるのを待つことにしたのだが、ドアの開閉音に目を開いた。

「……香奈目?」

見ると、香奈目の姿が部屋から消えている。もしかして、こんな担任教師の姿に呆れ果てて、退出してしまったのだろうか。

不安になって雅道を見るが、なにも気にせずに鉛筆を動かしている。

香奈目のことを尋ねてみようかと口を開きかけたとき、もう一度ドアのほうから音がした。

「なにやってんだ、ドタバタと」

鬱陶《うっとう》しそうな表情の雅道に、香奈目は薄く笑みを浮かべる。その手には、サイケデリックなプリントが施された紙袋があった。

「せっかくの構図だから、ちょうどいいモチーフがあったので持ってきた」

言いながら、袋からなにやら取り出す。

「へえ。お前、そういう趣味があったのか」

「昨年、パーティの景品で貰ったんだ。よくも悪くも、頭のネジが飛んだ連中の集《つど》いだったからな」

未月は、その手に持っているものを見て、大きく目を見開く。

「香奈目、そっ、それは」

「先生の目、大きくてちょっとつり気味で、猫っぽいじゃないですか。きっと似合うと思うんですよ」

「だからって、全裸でそんなものを着けたら変質者だろうが！」

天使のような笑顔を浮かべて香奈目が持っていたのは、大きなフェイクファーの猫耳付きカチューシャだった。

「こら、いい加減、動くなって言ってんだろ」

面白がっているらしく、楽しそうな声で言う雅道に身体を押さえられている間に、かぽ、と頭に猫耳が装着されてしまう。

「いくらなんでも、これはないだろう！」

未月が喚くのもお構いなしに、雅道は香奈目の袋をのぞきこむ。

「ふうん。いろいろと、面白そうなもんがあるじゃねぇか」

「一通りは揃《そろ》っているはずだ」

「お、これもいいな」

目と目を見交わしたふたりが、なにか企んでいるような気がして、未月は嫌な予感に頬《ほお》を引き攣《つ》らせた。

これ以上遊ばれてはたまらない。猫耳をもぎ取ろうとした未月は、思いもしない部分に濡れたものが触れる感触に、ひっ、と短い悲鳴を上げた。

「なっ、なにをするんだっ！」

四つん這いの体勢では、よく見えない。懸命に首を巡らせると、雅道が尻の間になにかを垂らしたらしい。

「ただのローションだ、じっとしてろ。文句言わねぇ約束で、ポーズを変えてやったんだろうが。いつまでも我儘ばかり言うなら、動けなくするしかねぇだろ」

「ローション？　ただのって、そんなもの普通は……うあ！」

濡らされた部分に雅道の指が触れてきて、未月の身体は硬直した。

「やめっ、やめろっ！　香奈目、やめさせてくれ！」

必死に喚くと、香奈目は未月の前に腰を下ろし、はずれかけた猫耳をきちんと着けなおす。それから耳元に、唇を近づけてきた。

「雅道は俺がとめたところで、やめたりしません。だから先生、あきらめて、気持ちよくなってください」

低い囁きに、ぞくっ、と背中に痺れが走る。

「な……っ、ひ、うぅっ！」

ぬる、と体内に異物が入るのを感じて未月は目を見開いた。

「い、や……、っ、あ、あ」

これは指だ。雅道の長い指が、ローションのぬめりを借りて、恥ずかしい部分に差し込まれていくのだと未月ははっきり悟る。

粘膜に触れられる異様な感覚に、がくがくと腰が震え始めた。

「やめて、くれ、やめて」

ひ、ひ、と喉から断続的に、短く息が漏れる。指が動かされるたびに身体は跳ね、濡れた音が室内に響いた。

「あ、ああ」

抉《えぐ》るように指の腹が内壁をこするうちに、下腹部が重くなっていく。感じたことのない刺激と羞恥に、未月の目に涙が滲《にじ》んだ。

「先生、やっぱりエロいな。中が誘ってるの、自分でもわかるだろ。指が飲み込まれそうだ」

「やはり貴様の表現は下品だな。可哀想に、震えているじゃないか」

「プレイグッズ一式持ってきておいて、ぬけぬけとよく言う。お前は虫も殺さねぇ顔をしてるくせに、いじめるのが好きだからな」

「俺は猫耳を着けようとしただけだぞ」

信じた自分がバカだった。こいつらはまだまだ自分を、人間とさえ認めていない！　二人の会話を聞きながらいいように弄られて、怒りと屈辱《くつじょく》で盛大に説教したいのに、情けない身体はひくひくと震え、上半身を支える手にも力が入らなくなってくる。

「あーあ、先生、そんな格好したら扇情的すぎますよ」

力が抜けて、両手で上半身を支えられなくなり、腰だけ高くあげた格好になった未月の頭を、香奈目は優しく撫でた。

「っく、ああ！」

「まるで盛りのついた猫だな」

雅道は容赦《ようしゃ》なく、指を二本に増やす。逃げ出すこともできずに、ただ腰を突き出している自分が、どうしようもなく惨《みじ》めでたまらない。

しかも目の前には、クラスの教え子がいるのだ。ところが身体は頭の中とは反対に、確かに貪欲《どんよく》に雅道の行為を受け入れてしまっていた。

「おい、椅子を汚すなよ」

笑いを含んだ雅道の声に、未月は唇を噛む。自分のものがとっくに熱を持っていることには、気がついていたからだ。

この姿勢では見えないが、見ないほうがいい。おそらく、先走りのものが椅子のカバーに零れてしまっている。

「い、や……も、やめ」

こんな嫌がらせで感じまくる醜態を晒すなど、未月自身にも信じられなかった。

「っは、やぁ……っ、んん」

自己嫌悪に苦しみつつも、身体は雅道の指に敏感に反応し、喜んでしまっている。

「そろそろこっちも使うか。……先生、力抜いてろよ」

なんのことだ、と未月が振り返る間もなく、指が引き抜かれた。

「っあ！」

痛みと衝撃にビクッと身体が跳ね、入れ替わりに固い、丸いものが押し付けられる。

「なっ、なに」

怯えて必死に上体を持ち上げ、首をひねって背後を見た未月の目には、なにかふさふさとした白くて長いものが目に入った。が、それがなんなのか見当もつかない。

「力むと痛ぇから、おとなしくしてろって。指よりちっとばかり大きいからな」

「え？　うぁ、あっ！」

ず、となにか冷たいものが入ってくる。指ではない。なにかもっと、人工的なものだ。

「やめろっ、いやだ、やめっ、あああっ！」

抗《あが》っても、ず、ず、とさらにそれは奥まで否応なく挿入されていく。

「もう少しだ。……そら、全部入った」

雅道の声がして、香奈目の、ふふ、と小さく笑う声が聞こえた。

「先生、可愛いですよ。猫耳と同じくらい、こっちもよく似合ってます」

「や、あ、ぁあ」

最後まで入れてしまうと、雅道も香奈目も、未月を押さえる手を離したというのに、未月は異物を挿入されている恐ろしさで、この状況から体勢を変えることができなかった。

それにわずかにでも動くと、中のものが余計に内壁に刺激を与えるからだ。

身体は恐ろしさにすくんでいるのに、自身ははち切れそうになっている。

また二人の前で達してしまったらと思うと身動きできず、未月はきつく眉を寄せ、耐え切れない喘ぎを漏らすしかなにもできない。

「……っ、あ、はぁっ……う」

「すげぇな、先生。エロすぎてクロッキーどころじゃねぇよ」

「な、こと……っ、も、やめ」

熱でかすむ視界に、香奈目が未月の顔の横でしゃがむのが見えた。

「先生、自分の今の状態わかります？　猫のお耳と尻尾《しっぽ》をつけて、お尻を震わせているんです。恥ずかしいですか？　でも仕方ないですよ、こうしていないとあれもこれもイヤ、って動いてしまうから」

瞳を覗《のぞ》き込んでくる香奈目の声は優しいのだが、その分、言っていることが余計に怖く聞こえる。

「ね、がい、だ……らっ、ぬ、抜いて」

もう舌がよく回らなくなっていた。このままではおかしくなってしまう、と恥を忍んで頼んだのだが、にやりと雅道は物騒な笑みを浮かべた。その瞬間。

「っあああ！」

カチ、という音と同時に、背骨から頭の先までを貫く振動と痺れが走る。

と同時に、挿入されてものの正体にはっきりと気がついて、未月は慄然《りつぜん》とした。

「やああっ！　とっ、止め、早く、ああ！」

すがるものすらなく、腰を高く上げて自身を屹立《きつりつ》させ、唇からは唾液《だえき》が零れてしまっている。

どうしようもないほど淫らな状態だと自分でもわかるのに、どうにもできない。

望むと望まざるとに関わらず、鈍い振動は強制的に、未月に快楽を与えていた。恥ずかしくて苦しくてたまらないのに、身体の奥深くから、これまで知らなかった感覚が湧き上がってくる。

「駄目っ、も……あっ、あ」

がくっ、がくっ、と大きく下半身が揺れ始めた。両手の拳を握り締め、頬を椅子に押し付けるようにして、未月は身悶《みもだ》える。

「先生、可愛い」

「いいぜ、いって」

ちゅ、と香奈目に耳元にくちづけられ、雅道の乾いた手のひらが反り返った未月のものを撫で上げて、未月の頭は真っ白になった。

「いっ……！　あ、ああ！」

ビクッ、と一際大きく腰が揺れた後、パタパタとレザーの椅子に、放った雫が零れる音が聞こえた。

ローターが引き抜かれ、汚れを綺麗にされた後でも、しばらく未月は放心状態で、ぐったりと椅子に横たわったまま動けずにいた。

二人はもう弄ることに飽きたのか、それぞれ大きな帳面のようなものに、仰向けで脱力している未月を描いている。

もうどうにでも好きにしろ、と未月はなげやりに考えていた。

四つん這いで猫耳をつけられて、おまけに尻尾までつけてローターでいかされてしまった。

やった二人が悪いとは思いつつ、自分に対しても絶望している。

美女に誘惑されたならまだしも、生徒と保護者の男二人に猫耳状態でいかされる教師が、世の中のどこにいるというのか。

――もう、無理なのかもしれない。香奈目は完全に、この男に毒されているらしい。

未月は朦朧《もうろう》としながら、怜悧《れいり》に整った生徒の顔を眺める。

見た目や口調はまったく違うし、反目し合っているようではあるが、おそらくこの二人は同類だ。

彼らは価値観も善悪も、彼ら自身が勝手に決めている。

だからたとえ世界中の人が大事だと感じることでも、自分がつまらないと思ったこと、めんどうだと判断したことには、平気でそっぽを向く。その逆もまた然《しか》りだ。

香奈目はまだ高校生なのに、奇妙な家にこもって、怪しい男と二人きりで暮らしているから、こんなふうになってしまったのだろうか。

ろくな食事もせず、朝の小鳥の声も聞かなければ、部活で汗を流すこともない。友人たちと笑うことも喧嘩《けんか》することもせず、文化祭のわくわくとした前夜の気分も、体育祭で喉が痛くなるほど応援することも、なにも知らないまま年だけとり、気がつけばこのろくでなしの叔父そのもののようになっていくのか。

それをわかっていながら、みすみす教師として捨て置いていいのだろうか。

小学校でも中学校でも、彼と真剣に接した教師はいないに違いない。でなければ、ここまで屈折してはいなかったと考えるなら、責任は家庭だけでなく、学校側にもあると未月は思う。

せめて誰か一人でも正面から香奈目と対峙《たいじ》し、熱心に指導していれば、もっと状況は大きく変わっていたかもしれない。

「よし、今日は終わりにするか。腹が減った」

雅道の声に、未月はハッと我に返る。

「起きれるか。楽しませてもらったからな、なんか食わせてやる。早いとこ服を着ろ」

誰が食事の支度をするのだろう。それ以前にこの家に、食べ物などあるのだろうか。不思議に思って、未月は雅道を見た。

「……食わせるって、なにをだ」

「あー。そういや今日は酒しかなかったな。まあ、麦のスープと思えばいいだろ」

やっぱり、と嘆息すると、香奈目が横から口を挟む。

「先生、よろしければ俺のビタミン剤を分けますが。亜鉛《あえん》や葉酸、ミネラル類もすべて揃えてあります。栄養補助食品も豊富な種類で備蓄してありますから、お好きなものを」

近寄ってきて、起こそうと差し伸べられた手を、未月はぴしっと叩き落とした。

「お前ら、ふざけるな！」

勢いよく、といきたかったのだが力が入らず無理だったので、よたよたと起き上がり、精一杯威厳のある声を出す。

「いいか、生きることの基本は、食だ！ きちんとしたものを、きちんと食べる。ここから生活を改善しなきゃ駄目なんだ」

すると雅道は眉を顰《ひそ》めて、香奈目にそっと耳打ちした。

「……この先生、急に元気が出たがどうしたんだ」

「さあ。やりすぎたかと思ったが、もう少しいじめても大丈夫だったようだな」

なにやらこそこそと話す二人をキッと一睨みし、未月は服の置いてある棚へと向かった。

服を身に着け終えて振り向くと、怪訝そうに香奈目が言う。

「先生、うちの夕飯がお気に召さないようでしたら、ピザでもとりましょうか」

「……いいか、香奈目。よく聞きなさい。そういうものばかり食べていたら駄目だ」

負けてたまるものか、と未月は必死でよろけそうな足を踏ん張り主張する。

「この前から思っていたが、台所の状態を見て俺は確信したんだ」

未月は交互に二人を見ながら、叱るような口調で言う。

「きちんとバランスの取れた食事、早寝早起き、整理整頓、そうした感覚、普通の常識がこの家には欠如している。違うか」

「違いません。先生のおっしゃるとおりです」

意外にも素直に香奈目が同意してくれて、未月は満足げにうなずいた。

「俺は香奈目の担任として、まずそこから改善したい。登校不登校以前に、日常の習慣を変えていくことが大切だと思うんだ」

うんうん、とうなずく香奈目とは逆に、雅道はうんざりとした顔をしている。

「まあなんでもいい。で、晩飯はどうするんだよ」

待ってましたとばかりに、未月は力強く宣言した。

「俺が作る！」

「……本気かよ。先生の手料理？」

うむ、とうなずいて、未月は胸を張る。

「好き嫌いは許さないからな。まずは買出しにいく。この近辺にスーパーはあるか」

尋ねると雅道は首をかしげたが、香奈目が答えた。

「駅の近くに一箇所と、大通りに」

駅に近いなら、今後この家を訪ねる時に利用しやすい。

「じゃあ駅のそばのスーパーを教えてくれ」

「わかった、それなら車を出す」

雅道に言われて、未月は少しだけ安心していた。あまりにも買う予定のものが多いからだ。

おかずの材料だけならともかく、この家には米どころか、油も醤油《しょうゆ》もない。

それなら自分もいく、とすぐに香奈目が申し出てくれた。

やはりまだあきらめるのは早い。相当に屈折しているのは確かだが、結構人懐《ひとなつ》こいし、素直なところも残していると未月は感じる。

この調子ならばがんばって説得すれば、学校にきてくれるようになるかもしれない。

やはり保護者があまりにもいい加減で、放っておかれたのが悪かったのだ。

きっと自分が可愛がって、無事に高校を卒業させてみせる。

そうして意欲に燃える未月と二人は、車でスーパーマーケットに向かうことになったのだった。

「ちょっと待て、そんな肉は使わない！」

カートの上と下に置かれた籠には、三人でスーパーの店内を歩くうちに、瞬く間に商品が積み上げられていく。

なにしろ雅道も香奈目も金額を気にしない。なにげなく手に取ったものを、ポイと籠に入れてしまう。

土地柄か、このスーパーは未月がよくいく店舗《てんぽ》と比べて、高級食材を多く置いていた。

ただでさえ二人の容姿は目立つ上に、男の三人連れとあってか、不思議そうに買い物客が自分たちを眺める視線を未月は感じる。

けれど二人はまったくお構いなしで、他人の目など気にも留めない。

「いいじゃねぇか、買っとけばいつか使うかもしれねぇだろ」

「合鴨《あいがも》の肉は、いつか使うかも、なんて理由で買うものじゃないんだ！　それとカニ缶、いったい何個買うつもりだ」

「つまみにするから。滅多に買い物なんかしねぇし、こういう機会にまとめて買っとく」

「まとめ買いなら、インターネットの通信販売だってあるだろう」

「パソコンってのも、いちいち登録だの接続だのめんどうくせぇ」

「だからって……ああ香奈目も、なんだそのチョコレートは。せめて国産の普通のにしなさい」

大層な包装紙に梱包《こんぽう》された輸入品の菓子を、香奈目はいくつも購入する。

「このメーカーの監修をしているパティシエが気に入っているんです。他のものとは舌触りが違うんですよ」

「そんなものお前、口の中で溶ければなんだって同じだろうが」

「いえ、ぜひ先生にも召し上がっていただきたいと思って」

爽やかな笑顔で言われると、つい未月はそれ以上強く言えなくなってしまう。

「……夕飯前には食べるなよ。……おい、あんた」

今度は雅道が、高級ブランデーの瓶を手にしている。

さらには高価な缶入りのセイロン茶、ブルーチーズ、キャビアの瓶詰め、桐箱入りの果物などをぽいぽいと籠に入れていく二人に、とうとう未月は我慢できなくなった。

「お前ら、勝手に持ってきたもの、全部棚に返してこい！　誰がこんなセレブの小道具をそろえろと言ったんだ。俺は普通の、まともな夕飯を作るための買出しにきたんだぞ！」

「だけど先生の言い方、抽象的でわかんねぇよ。なんだよ普通の夕飯って。具体的に言ってくれ」

雅道はそう言ったが、香奈目は少し肩をすくめたものの、すぐにハイと返事をして籠の中身をもとに戻そうとする。

あまりに聞き分けがいいので、未月はわずかに罪悪感を覚えてしまった。

「あ、いや。必要なものはもちろん買えばいいが……正直、俺は全額払えないぞ」

二人が適当に選んだ商品の総額は、おそらく数万円になるはずだ。

「ええ、もちろん俺たちの分はそこの男が払いますから」

にっこり笑って香奈目に指を差された雅道は、そんなのは当然だと苦笑する。

「そんなこと心配してたのかよ、先生。夕飯の材料だって、俺たちが食うんだから俺たちが払う。作ってくれるなら、金なんか払わなくていい」

「そうはいかない。自分の分くらいは自分で払う」

そんなふうに大騒ぎをしながら買い物は続いたが、滅多にこうした場にこないせいか、雅道も香奈目も妙に楽しそうだった。

香奈目は店員に食材の特性などを熱心に聞き始めていたし、雅道にいたっては試食をすすめられて食べたはいいが、まずい！　とおおっぴらに言って顔をしかめる。

「すげぇまずいが、食っちまったもんは仕方ねぇ。カードで払えるのか」

「い、いえ、試食ですので無料です」

狼男に仁王立ちされて絡まれ、汗をかいている試食コーナーの販売員に、未月は謝る。

「すみません、この男は常識がなくて」

「なんで謝るんだ、無料でもまずいもんはまずい。……あんたも大変だな、こんなもん売らされて」

「いえ、とんでもございません。仕事ですから」

頬を引き攣らせながらもにっこり笑う販売員に、雅道はうなずいた。

「しかしこんなまずいもんが売れるわけねぇよ。気の毒に、売れないと怒られるんだろ。……仕方ねぇ、俺があるだけ全部買ってやる」

「やめろバカ、マッチ売りの少女じゃないんだぞ！」

散々に言ってきかせてから、商品名を連呼する調味料の宣伝ソングに聞き入って、通路に突っ立っている香奈目を引っ張りレジへと並ぶ。

こうして未月は、三人分の夕飯の食材と調味料を、どうにか買い物を終えたのだった。


笠嶋邸に戻った未月は、香奈目にリビングのテーブルを片付けて、布巾で拭くように指示をする。

雅道には、冷蔵庫に詰め込まれたドリンク類を一部出させ、食材を入れる場所を確保するよう言いつけた。

そして自分は早速、夕飯の支度にとりかかる。メニューの内容は、肉じゃがと味噌《みそ》汁、野菜炒《いた》めとご飯という、普段作りなれたものだ。

冷蔵庫のスペースを確保し終えた雅道に食器を出すように頼むと、背後から手元をのぞき込んでくる。

「……なんか、すげぇいい匂いがする」

「そうだろう。台所というのは、本来こういう匂いがするもんだ。味噌汁と、炊《た》きたてのご飯。健康的だろ」

「こういうのを食うと、健康的なのか」

「理想を言えば乳製品が足りないが、穀類、豆、脂質とたんぱく質、葉物と緑黄色野菜、まあバランスは取れていると思う」

「へえ……先生はいろいろ物知りだな」

褒められて、少しだけ未月は気をよくする。

「まあこれでも一応、教師だからな」

「ああ、なるほど、担当教科が家庭科なんだな」

「……地学だ」

「料理と全然関係ねぇじゃねぇか！」

「こんなことは教科と関係なく、常識で知っている！」

憮然《ぶぜん》として未月が言い返すと、しばらく会話が途切れ、コトコトと鍋の音だけが台所に響く。

雅道はなぜかまだ、この場を離れようとしない。

「ところでこれは、なんて料理だ。この、白いもじゃもじゃしたのはあまり美味《うま》そうじゃねぇな」

白滝を指差す雅道に、未月は眉を寄せて振り向いた。

「白滝ぐらい食べたことはあるだろう」

「……見たことはあるような気がする。言われてみるといつだったか、どっかで食ったかもしれない」

「すき焼きや鍋にはつきものじゃないか」

ううん、と首をひねる雅道には、本当に馴染みがないらしい。

そもそも白滝のみならず、肉じゃがを知らないとは。そこまで偏った食生活だったのかと、今更ながら未月は驚いていた。

「いったい、いつもなにを食べてたんだ。コンビニで弁当を買うくらいのこともしなかったのか？」

「コンビニってのは、なんか好きじゃねぇんだよ。……気が向けば外食だな。よくいく洋食の店でパンやジャーキーも売ってるから、食いにいったらまとめて買ったり、届けさせたり」

「まとめて、ってパンはそんなに日持ちしないだろう」

冷凍庫に保存すると案外に持つらしいが、そんな生活の便利な豆知識を、雅道が知っているはずがない。

「フランスパンは結構、持つ。固くなるけどな。それと、酒飲むと腹減らねぇし」

冷蔵庫にバター一つないことを考えると、フランスパンをそのままかじって空腹を満たしていたのだろうか。

そんなひどい食生活で、よくこれだけの体格に育ったものだと、未月はいっそ感心してしまうほどだった。

もっとも雅道であれば、生肉をかじっていたと言われても、納得しそうな自分がいる。

やがて料理ができあがると、香奈目にも頼んで、リビングのローテーブルに皿を並べていく。

ソファに座ったままでは食べにくいので、三人とも床の上に座った。

こうすると洒落《しゃれ》たデザインのテーブルも、卓袱台《ちゃぶだい》のように思えてくるから不思議だ。

未月の努力の甲斐あって、かなり整頓されてきたリビングは、本来の広々とした開放感と内装が持つ美しさを取り戻しつつある。

だがかえってそのせいで、洗練された室内に味噌汁の香りが漂い、ちんまりと中央のテーブルを囲んでいる三人は、端から見たら珍妙かもしれない。

しかし未月は、ここから二人の更正スケジュールが始まると確信している。

「……待て、ちゃんといただきますをしてからだ」

「めんどくせぇな」

「食材に対する感謝だ。なににつけても、礼儀と挨拶は大切だぞ」

はい、いただきます、と音頭をとると、二人とも素直に手を合わせて唱和してから、それぞれ箸《はし》を手にした。

自分で一口食べてみて、未月は我ながらいい出来だと満足する。

今日はいろいろあったから、思っていた以上に空腹だったらしい。

しばらくものも言わずに、食事をすることに専念をしていたが、空腹は二人も同じだったらしかった。

瞬く間に、小鉢の料理も茶碗《ちゃわん》のご飯もなくなっていく。

「雅道、貴様俺のじゃがいもを取っただろう。ここの、皿の右にあったやつだ」

「食わねぇのかと思って」

「違う！　最後に食べようと取っておいたんだぞ。返せ」

「うるせぇな、いもの一個ぐらいで。あとで酒一本くれてやるから」

「……そうか？　まあ、ものによっては許してやっても」

「香奈目！」

この二人の会話は、どうしていつも聞き流そうとしてもできないほどひどいのか。

「あんた、未成年者に酒なんて犯罪だぞ」

「冗談だ、冗談」

「笑えない台詞《せりふ》は、ジョークとして成立しない！　香奈目、器を貸しなさい。まだお代わりはあるんだから」

ぷんぷんしながら皿を受け取り、未月は台所へと立つ。

鍋の蓋《ふた》を開け、それでも肉じゃがを気に入ってくれてよかった、と内心で思う。

こんなもの食べられない、まずいと言われたらどうしようかと、実は少し心配だったからだ。

「ご飯も味噌汁もまだあるから、たくさん食べてくれよ」

香奈目に肉じゃがを渡すと、それなら味噌汁を、と雅道が空になったお椀を寄こす。

「これ、美味いな。似たようなのをどっかで飲んだが、具が全然違う。大根がこんなに玉子と合うもんなのか」

感心したような声に、未月は驚いてしまった。未月の家では、比較的オーソドックスな具だったからだ。

「外食でしか味噌汁を飲んでないのか」

「当たり前だろ。こんな手のこんだもん、作れるか」

言い返されて、ますます驚く。

「それじゃ、納豆やナメコの味噌汁も飲んだことがないのか。ワカメと筍《たけのこ》とか」

「なるほど、それは食ってみたいな。味噌に合いそうだ」

美味そうだなぁ、と普段は鋭い目がうっとりとした光を浮かべるのを見て、先刻あんな目に遭わされたというのに、未月は思わず同情してしまった。

この連中はとても変わっている。それは確かだが、おそらく本人たちが望んでそう育ったわけではない。

ぐれて反発したわけでも拒んだわけでもなく、物心つく前から、ごく当然の生活が与えられなかったのだ。

未月はもう一度台所に引き返しながら、かなり機嫌を直していた。

やはり、行動してよかった。二人とも常識は欠如しているが、おそらく性格そのものは悪くないという可能性が感じられる。

必要なのは、正しく導いてやる保護者だ。香奈目だけでなく、おそらく雅道にもそれが不足している。

今からでもきっと遅くない。自分が二人を常識的な人間に躾けてやろう。

「いいか、これが普通の食卓だ。別にご両親がそろっているとかいないとか、そんなことを俺は言ってるわけじゃない」

「じゃあ、なんだよ」

雅道はそう言うと大根の味噌汁のお代わりを口にして、美味い、とつぶやく。

「誰かが自分のために作ってくれたものを、美味しいと感じることにしてもそうだ。会話をして互いを理解し、心を通わす。それを団欒《だんらん》というんだ」

「なるほど。先生、この男には無理かもしれませんが、俺にはよくわかります」

「わかってくれるか？」

嬉しくなって言うと、香奈目はこっくりうなずいた。

「先生が作ってくださった料理は本当に美味しいし、それについて感謝の気持ちを覚えます。先生と一緒の食卓が、とても嬉しい」

そうかそうか、と未月は教師としてのやりがいを感じて、満足の笑みを浮かべた。

だが雅道は、なにかが面白くないらしい。

「先生、そいつ調子いいから気をつけろよ。猫かぶってやがるんだ」

「貴様は保護者なのに、なぜ俺を貶《おとし》める。先生、おわかりかと思いますが、この男と二人で団欒など不可能です。先生がいてくださらないと」

「そ……そうか。まあ、毎日というわけにはいかないが、こうしてたまになら、また夕飯を作ってやる」

約束すると香奈目は喜んで、今度はご飯のお代わりをする。

しばらくして全員が食事を終え、二人に茶を入れてやってから、未月は充実感を覚えていた。

雅道はよほど料理が気に入ったのか、これまでになく機嫌がよく、わざわざ門まで見送りにきてくれる。

気をつけて帰れよ、などと言われて、なにを企んでいるのかと怖くなったくらいだ。

やっぱり、まだ間に合う。きっとこの二人を更正させてみせる。

未月は満足した笑顔を浮かべながら、夜道を軽やかな足取りで、駅へと向かったのだった。


翌週の日曜日。

また三人分のおかずを用意して笠嶋邸に向かった未月は、出迎えた雅道に荷物を半分持たせて、キッチンへと向かった。

「香奈目は今日は、まだ部屋から出てこないのか？」

「香奈目なら急用で出かけたぞ」

雅道の言葉に、冷蔵庫に食材を入れていた未月は驚いて顔を上げた。

「珍しいな」

「海外での展示会に、出展を依頼されてるらしい。その打ち合わせで画廊にいった」

「展示会？　すごいじゃないか」

聞いた途端、声を弾ませた未月に、雅道は肩をすくめる。

「すごくねぇよ。若手アーティストたちの展示スペースに、混ざるだけだ」

「でも海外から招かれてるわけだろう。やっぱりすごいじゃないか」

アートのことなどまったくわからない未月だが、生徒の力が認められたと思うと、単純に嬉しい。

「いつどこでやるんだ。できるなら見にいきたいが、海外じゃ難しいな」

「……そんなことより先生、俺、すげぇ腹が減ってるんだ」

冷蔵庫を開いている未月の手に、雅道の手が重ねられる。

なんとなくぎくりとして手を引こうとした未月に、雅道は真剣な面持ちで言う。

「だから今日はモデルよりも、味噌汁を作ってくれ」

「――――は？」

「先生の飯を食ってから、パンが美味く思えなくなった。今朝もあんまり食ってねぇんだよ。だから、味噌汁」

「あ……ああ、いいけど」

モデルをしなくていいならありがたい。なんとなく不安も感じはしたが、未月は急いで食事の支度を始めた。

雅道はキッチンを出て行かずに、じっと後ろに立って自分を見ている。

「なんだよ。雑誌でも読んでてくれ、できたら持っていくから」

落ち着かなくてそう言ったのだが、雅道は立ったままだ。

「……なんか手伝うか?」

聞かれて未月は、らしくもなく親切な申し出にぎょっとして、雅道を振り返った。

「い、いや。別に、たいして手のこんだ料理じゃないし」

「皿ぐらい出す。でかいの二枚でいいのか」

言われて未月はハッと気がついた。今日は親子丼《おやこどん》を作るつもりだったのだが、把握している範囲では、この家には丼《どんぶり》がない。

「それじゃ、丼を探してくれ。なければ代わりになる深い皿……陶器ならサラダボールみたいなものでもいい」

「丼だぁ？　この家は五年くらい前に建て替えたんだが、その前から見た記憶はねぇな」

思ったとおりないらしく、雅道は難しい顔になって考え込む。

「……要するに、あれだろ。陶製で、味噌汁の椀のでかいような形ならいいんだろ」

「まあ、そうだな」

「だったら似たようなもんがあったはずだ」

雅道は探しにキッチンを出ていき、未月はホッとした気分になった。

今のうちに、とてきぱき手を動かして炊飯器をセットし、油揚げとワカメの味噌汁を作りつつ鶏肉《とりにく》とタマネギを煮、玉子を落とす。

それぞれ準備ができた頃、タイミングよく雅道が器を手にして戻ってきた。

「これでいいか」

「……ああ、大丈夫じゃないかな」

手渡された陶器の深い鉢をさっと洗い、盛り付けて、二人してリビングへと料理を運んだのだが。

「さっ！　さんびゃくまんえん？」

食べ始めてしばらくしてからの告白に、未月は口の中の鶏肉を吹き出しそうになってしまう。

「そう。確かそっちのはもうちょっとするらしい。せいぜい、四、五百ってとこだろうが」

「せいぜいってなんだ！　ああもう、味がわかんなくなってきただろう！」

それは、親子丼を入れた器のことだった。

疎《うと》い未月はまったくわからなかったのだが、両方とも高名な陶芸家の作品らしい。

言われてよくよく見てみれば、これらはもしかすると、食器ではないのではないか。

「もしかして、茶道具とか花器の類《たぐい》じゃないのか」

「さあ。昔オヤジが集めたもんが倉庫にいっぱいあって、ガキの頃自慢たらたら説明されたんだが、値段程度しか覚えてねぇ」

納戸でも物置でもなく、倉庫、というところに、改めてこの家のスケールの大きさを感じる。

しかしこれでは到底、落ち着いて食べてなどいられない。近いうちにホームセンターにでもいって、安い食器をそろえなくては。

ともかくも食事を終え、雅道に茶を淹《い》れてやりながら、未月はずっと感じていた疑問をぶつけてみる。

「あんたは、子供の頃から食事をどうしていたんだ。ご両親と一緒じゃなかったのか」

簡単に聞いてはいけないことのような気も、少しだけしたのだが、雅道はあっさりと答えた。

「ねぇな。考えられねぇ。だってそれぞれ食いたいもんが違うし、食いたくなる時間だって違うだろ」

「……じゃあ、誰があんたの食事を用意してたんだ」

「ある程度、物心つくまではベビーシッターだな。それからヘルパー。ただ、小学校の高学年でヘルパーと大喧嘩して追い出してからは、毎月まとまった金渡されて買い食いしてた」

非常識だ、と説教する気力さえ、未月にはなくなってしまう。

いかに自堕落な生活をしているとはいえ、ぐれてチンピラにでもならなかっただけ、雅道は偉かったのかもしれない。

しかしこのままでいたら、近いうちにきっと香奈目もろとも身体を壊してしまう。

「香奈目と一緒に、あんたの食生活は俺が改善させるから。酒はほどほどにしろ」

忠告すると、よろしく頼む、と雅道は嬉しそうに笑った。

その笑顔を見た未月は、理由はよくわからないが、胸をつかれたように感じる。

とても素直で、純真な笑顔を見せられた気がしたからだ。

猫耳まで着けられて、あれだけ非道なことをされたというのに、おかしな二人に感化され、こちらもまともでなくなっているのだろうか。

自分自身がわからなくなって、眉間に皺を寄せて黙り込んだ未月に、雅道は機嫌のよさそうな声で言う。

「正直俺は、食事内容なんて考えたこともない。絵筆を動かせりゃ、それでよかったからな」

「香奈目にしろあんたにしろ、そこまで絵が好きなのか。美術の世界は、俺には縁がなくてピンとこない。……どんな絵を描くんだ？　ピカソみたいな感じか」

「ああ？　いや、どっちかといえばブリューゲルやボシュかな。ガキの頃好きだったから、多少は影響受けてるかもしれねぇ」

「そ、そうなのか」

相槌は打ったものの、ピカソ以外に名前と絵が一致するのは、せいぜいダヴィンチとゴッホの名画くらいだ。

よくわからないという顔をしていると、雅道はなにか思いついたような顔になる。

「そういや先生、俺の絵を見てなかったな。きてくれ。ついでに、味噌汁の礼もしたい」

立ち上がった雅道に、未月も興味をそそられて席を立った。

雅道は、未月がまだ開いたのを見たことのない、モデルをしている部屋から続くドアを開いた。

初めて入った室内の光景に、あっと未月は目を見開く。

「……これは……」

独特の油の匂いはさらに強くなっている。

そこは大きな窓のある、リビング以上に広いアトリエだった。

部屋の中央にイーゼルと椅子があり、周囲の壁という壁には作品が飾られていた。

カンバスが無造作に、床に重ねて置いてあったり、壁に立てかけられているものもある。

作品のサイズは様々で、小さなものはハガキ程度、大きなものだと黒板ほどのものもあった。

「これを……全部あんたが描いたのか」

言いながら無意識に雅道から離れ、部屋の中央まで進んでいくと、ぐるりと周囲を見回した。

溢れる色彩と、大小様々に描き出された世界の数々は、圧巻としか言いようがない。

「当然だろ。俺のアトリエなんだからな。……気に入ったのがあったら、言ってくれ」

「……すごいな……」

未月は呆然として、作品群に目を奪われてしまっていた。

これまできちんと雅道の絵を見たことがなかったし、金持ちの道楽のようなものかと思っていたが、これはきっと違う。

まったく美術に疎い未月でさえ、そう思えた。

しんと静かで、厳かで、それでいてどこか素朴な美しい油絵だ。いずれの作品も、豊かな自然への畏敬《いけい》と賛美が感じられた。

星や樹木に比べて人物や動物はとても小さく、風景の中に配置されている。

中でも未月が見惚れたのは、草原に沈む夕日の絵だった。

額装はされておらず、雑誌ほどのサイズのカンバスに描かれた作品なのだが、じっと見つめていると、草の匂いや風の音まで聞こえてくるような気がする。

黒く影を落とす木々、どこまでも続く深い緑の地平線、藍色の夜と太陽の黄金が混り合う空の美しさ。

ぴたりと立ち止まり、食い入るように見つめていると、近づいてくる雅道の気配を感じた。

「これが気に入ったなら、やる。だが描いた人間として教えて欲しい。お前はこの絵の、どこがいいと思った？」

背後から感想を求められ、絵を見つめたまま未月は口を開く。

出てきた言葉は、絵の批評というのとは、少し違うものになった。

「……俺の生まれ育った家は、社宅だった」

「シャタク？」

「父親の会社の、寮のようなものだ。だからうちの家族は、常に近所の目に気を配った。……なにごとも人並みに、ごく普通の、仲のいい家族に見えるように」

その家がどんな生活をしているのか、どんなゴミを出し、旅行にいつ出かけ、家庭行事はどうしているのか。

母も父も近隣の人々に体裁をよく見せるために、必死といってもよかった。

けれど実際には夫婦仲は悪く、どちらにも愛人がいたことを、小学校高学年になる頃には口喧嘩の内容から未月は悟っていた。

嫌味と皮肉を応酬しつつ、クリスマスにはホームパーティをして、シャンパンで乾杯をする。

思い返せば、未月はいつも夫婦喧嘩の仲裁をしていた。

夫婦関係が破綻することは、自分の生活が危うくなるということなのだと、幼いからこそ感じ取っていたからだ。

苛立つ母親をなだめ、愚痴《ぐち》を零す父親を慰めるうちに、すっかり未月には人の世話を焼く性質が染み付いてしまっていた。

自分も両親も普通でいること。それが未月にとって、もっとも重要で大切なことだった。

罵り合いの翌朝も、パパいってらっしゃい、とゴミを出しつつ、母はにっこり笑う。

ぎすぎすと凍りついたような、常に隣近所を気にする生活の中。

いつしか未月は、ドキュメンタリー番組などで見るモンゴルやアフリカの、遊牧民や原住民の生活に憧れるようになっていた。

おそらくそこにも様々な問題があり、厳しい自然との共存は決して憧れてばかりはいられない生活に違いない。

自由で幸福に生きる人々の姿は、きっと冷えきった家庭を嘆く子供の、現実逃避が生み出した幻想のようなものだろう。――それでも。

太陽が上がって目覚め、日が沈んで眠る生活。そこでは自分を取り繕《つくろ》ったり見栄《みえ》を張ったりせず、愛する肉親の前で、素のままの自分を晒せるのではないか。

嫌味も皮肉もなく、感じたことはストレートに表現し、家族で食卓を囲み、笑い、眠る。そんなシンプルな世界が存在するのであれば、とても羨ましくて仕方がない。

雅道の絵の中には、理想の世界が広がっているように、未月の目には映っていた。

「うまく言えないけど。……俺の子供の頃の家とこの絵は、対極にあるような感じがする。……広くて、素朴で、暖かい。この中に入って、暮らしたい」

「……そう見えるのか、先生には」

うなずくと、雅道は壁から絵をはずした。それから、収納庫から紙袋を出してきて、無造作に絵を突っ込んで渡してくる。

「興味深い批評だった。ありがとう」

まずこの男が礼を言ったことに面食らい、咄嗟《とっさ》に袋を受け取ったものの、貰っていいものかと未月はとまどう。

「そ、そうか？　俺は絵のことなんて、なにもわからないが」

「これまでにもつき合った相手には、同じように絵を見せてきた。感想が聞きたくて、なんとなくな。好きなのをやるから、選べって言ったら……みんな最初の一言は同じだった」

どんな言葉をそれぞれが言ったのか、神妙な顔つきで耳を傾けると、雅道の口元に苦笑が浮かんだ。

「この中で一番高いのはどれ？　って」

「……え……」

どう反応を返していいかわからず、壁に飾られた様々な絵と雅道を、未月は交互に見た。そもそもこれらの絵に、金額がつくなどと考えもしなかった。けれど値段のことを言い出すなど失礼だということくらいは、未月にも理解できる。

「なんの参考にもならねぇから、結局絵はやらなかった。代わりにアクセサリーやら服やら買ってやって、そっちのほうが喜ばれたけどな」

確かにこの前のスーパーの一件でも、雅道は豪快に気前がよかったから、そのせいで女性たちも金額に頭がいきがちだったのかもしれない。

そんなことを考えていると、雅道がそっと未月の肩を押すようにして、自分のほうを向かせる。

「だから、俺が人に絵をやるのは先生が初めてだ」

「そ、そうか。なんだか悪いな……俺は芸術に疎くて、大した批評もできなかったのに」

とまどう未月の瞳を射るように、頭一つ高い位置から、鋭い目がじっと見つめてくる。

「それなら、味噌汁の礼と思ってもらえばいい」

言うと雅道の顔が、ふいに近づいてきた。なんだろう、と思う間もなく唇に、唇が重ねられる。

「ん、んっ……んん！」

肩を抱き寄せられ、口の中に雅道の濡れた舌が差し込まれて、未月は驚愕に目を見開く。

「んーっ、んぅーっ！」

離せ！　と雅道の背中をばんばん叩いても、腕の拘束は緩まない。

顔をそむけて逃れようとしても、熱い舌が舌に絡められ、きつく吸われて動けなくなってしまう。

なんとかしなくては、と頭の中に警報が鳴り響くものの、身体からは吸い取られるように力が抜けていく。

肋骨の内側から心臓が外に出してくれと暴れているように、鼓動は激しくなっていた。

「……は、ふ……っん！」

ぎゅう、と雅道は未月の身体を強く抱き締めてくる。

しつこく舌を吸われ続けて、じん、と頭の奥が痺れたようになってきた。

なぜ雅道がこんなことをするのか、いつもの悪戯にしてはなにかがおかしいのではないか、そんな思いが頭の中でぐるぐる回って、未月は混乱しきっていた。

まずい。このままでは、またも不本意に身体が反応してしまう。未月が焦り始めたとき、ふいに大きな声がした。

「おい。貴様、なにをやっている」

「……っ、はあ……っ」

唇がようやく解放されても、雅道は未月を支えるように抱き締めたままだ。

まだぼうっとしながら、声のほうへ顔を向けた未月は、雅道の腕の中で飛び上がりそうになる。

「かっ、香奈目！」

雅道から強引にしてきたことで、別に自分は悪いことなどしていないのだが、咄嗟にこの状況から逃れようと、未月は厚い胸に手を突っ張った。

「なんだよ、随分とお早いお帰りじゃねぇか」

雅道は不敵に笑って、ゆっくりと未月から身体を離す。

香奈目はつかつかと歩み寄ってきて雅道の前に立ち、威嚇《いかく》するように睨みつけた。

「そりゃあ早いに決まっている。この前説明されたことの再確認のような、電話でも充分済む用件だったからな。……貴様が手を回して呼び出すよう仕向けたんじゃないのか」

「知るかよ。そっちの関係者なんて、面識はねぇぞ」

険悪な雰囲気に、未月はおろおろと二人の顔を見る。

なにが原因かよくわからないが、香奈目が雅道に腹を立てているようだ。

けれど本来は、不意打ちでキスをされた自分が今は一番、雅道に怒りをぶつける権利があるのではないだろうか。

その自分が蚊帳《かや》の外に置かれているのが納得いかなくて、未月は口を挟む。

「まあ香奈目、落ち着きなさい。この男が非常識なのは、今に始まったことじゃないじゃないか」

「それにしたって、今回はひどい。雅道は、先生がくることをわかっていて、わざと俺を外出させたんです」

「そうなのか?」

なんだってそんなことを、と雅道を見るが、相変わらずその態度に悪びれた様子はない。

被害妄想だから相手にするな、と言い捨てて、気持ちよさそうに伸びをしている。

香奈目の声には、ますます棘が混じった。

「だから、今二人を見たとき、やっぱりって思いました。先生、大丈夫ですか。なにかもっと凶悪な行為をされたのでは」

「えっ」

言われて未月は考える。確かにキスはされたが、凶悪という意味では、この前の尻尾ローターのほうがずっとひどい。

むしろ食事をして絵を見せてもらい、この家にきて初めてというくらいに、和やかな時間を過ごしたように思う。

しかし香奈目の挑むような瞳に気圧《けお》されて、未月は曖昧《あいまい》に返事をした。

「い、いや……特にそこまでのことは……」

「聞いたか香奈目、そういうことだ。さて、シャワー浴びて寝るか。腹いっぱいになったら、眠くなった」

「あっ、貴様、なにを食った！　先生の手料理だな！　そうなんだな？」

食って掛かる香奈目を、未月は慌てて後ろから押さえる。

「暴力は駄目だぞ、香奈目！　夕飯なら、お前の分も作って冷蔵庫に入れてある。レンジは使えるんだよな？　温めて食べなさい」

そう言うと香奈目の身体から、ふっと力が抜けた。

「それは……ありがとうございました。とてもお腹が空いているので、嬉しいです」

「うん。なんだかよくわからないが、空腹だと苛立ちも増すからな」

必死に未月が宥めているのに、当の雅道は平気な顔で欠伸をしている。

香奈目はもう一度雅道を睨んでから、未月に向き直った。

「本当に、ひどいことはされなかったんですね？　キスだけでも問題ではありますが」

「ああ。それに、こう言ったらなんだが……以前のお前たちの悪ふざけに比べたら、キスなんて子供の悪戯みたいなものだぞ」

「……それは、そうかもしれないですが」

もっと猫耳の一件を、きっちり反省してくれるといいのだが、と思いながら未月はちらりと腕時計を見た。

「さて、今日はもう遅いから、俺はそろそろ帰らなきゃならない。また来週、くるからな」

それじゃあ、とアトリエを出て、未月は玄関へと向かう。

雅道はじっとこちらを見ていたが、その視線を断ち切るように、香奈目が未月の背に手をそえて、門まで見送りにきてくれる。

その途中、薄茶色の瞳が、未月の手にしている紙袋へと向けられた。

「先生、それ」

「ん？　これか。叔父さんがくれたんだ。人間性はともかく、絵は素晴らしいな」

素直に褒めると、なんとなく香奈目の表情が引き攣ったように見えたのは、気のせいだろうか。

「そうだ、香奈目も海外で展示会があるんだってな。すごいじゃないか」

フォローするように言った未月に、香奈目はたいしたことじゃありません、と苦笑してみせる。

なにか悪いことでも言ってしまったのだろうかと思い、どう対応していいのか未月が迷っていると、香奈目はすぐにいつもの、爽やかな笑顔を作って見せた。

「それじゃ、先生、気をつけて。おやすみなさい」

「あ、ああ。香奈目も早く夕飯を食べて、ゆっくり眠りなさい」

軽く手を上げた未月の背後で、巨大な金属製の門がぴたりと閉まる。

なんだか今日は、説得にしろ仲裁にしろ、どう対処すればいいかわからないことばかりだった。

未月は溜め息をついて、手にした紙袋をしげしげと見つめたのだった。


「香奈目……！」

翌日の朝のホームルームの時間。未月は教壇で、喜びに包まれていた。

いつも空席だった教室の机に、香奈目が座っていたからだ。

さすがにこの場であれこれ尋ねるのは、ただでさえ久しぶりに登校し、好奇の目に晒されている香奈目を悪目立ちさせてしまう。

そう考えた未月は、放課後に職員室へくるように、とだけ伝えた。

そして待ちに待った帰りのホームルームの後。素直に職員室の扉を開いて入ってきた天然の茶色い頭に、他の教師たちも目を向ける。

「よかった。きてくれたんだな、香奈目」

にこやかに歩み寄ってくる香奈目に、未月の表情もほころぶ。

「ええ。先生が、熱心に誘ってくださったので」

がんばった甲斐があった。本当にひどい目に遭わされたが、それで生徒が一人救われたのであれば悔いはない。

未月は教師としての仕事に、充実感を覚えていた。

「そうか。授業はどうだった。ついていけない部分があれば、補習授業を考えるが」

未月の提案に、香奈目は薄く笑って首を振る。

「問題ありません。ただ俺は、先生にお会いしたくて登校しただけですから」

「……俺に？」

香奈目は腰をかがめて、そっと小声で未月に耳打ちする。

「ええ。雅道のバカが昨日、またセクハラまがいのことをしたでしょう」

未月は周囲に漏れ聞こえたりしなかったかと、急いで辺りを見回す。が、幸いにも一番近くにいた教員は、大声で電話の対応をしていた。

慌てる未月に、なおもひそひそ声で香奈目は続ける。

「あれに懲りて、もう自宅へはこられないのではと心配になって」

たびたび思うがその言い分は、猫耳事件を棚に上げすぎじゃないか、と喉まで出かかったのを未月は飲み込む。せっかく登校してくれたのだ。

「た……確かに、その。ああいうことをされるのであれば、モデルなどしたくないとは考えていた」

周囲を気にしつつ、未月も小声で言う。

「失礼だが、雅道さんはいろいろと問題があるからな」

「ですよね。俺も、もう先生とは会わせたくないと思っているんです。だから、そのためには俺が登校すればいいのかな、って」

そんな理由で登校したということに、未月は驚く。

「……もちろん、香奈目がそうしてくれるなら、先生としては嬉しい限りだが……」

「だが？　なんだかはっきりしませんね。もっと喜んでいただけると思ったのに」

未月は手にしていたペンを置き、体ごと香奈目に向き直る。

「いや、喜んでいるさ。悪いが、モデルはこりごりだからな」

微笑むと、香奈目は満足そうにうなずいた。

これでやっと目的が達成できたはずなのだが、なぜか未月の心はもやもやとしたものが渦巻いている。その正体はつかみどころがなく、自分自身まだはっきりしない。

だがそんな曖昧な心のうちは、香奈目には気取らせたくなかった。

「その。きてくれてありがとう、香奈目。一緒に有意義な高校生活を送ろう」

改めて言うと香奈目は、どこからどう見ても優等生の態度で、にっこりと微笑む。

けれどその優しげな面差しの裏で、なにを考えているのか、やはり未月にはよくわからなかった。

職員室を出ていく後姿を見送り、やれやれと未月はデスクに身体を向ける。

雅道もだが、なにしろ考え方や思惑が、見当がつかなくて対応に困ってしまう。

芸術家とのつき合いというのは難しいな、と考えながら未月は、残っていた雑務に取り掛かった。

ともかくも、当初の目的は達成されたのだ。言葉どおり、香奈目が登校するようになったので、日曜日もゆっくりと休める。

ところが、二週間ばかり経ったある日の金曜日。

帰宅するために校門を出た未月は、道の脇に見覚えのある派手な外車が停車しているのを目にして、強烈な恐ろしい予感に襲われた。

眉を顰め、できるだけ車から離れた道を早足で歩いていたのだが。

「おい、未月！」

開けられた窓から、聞き慣れた声で呼び止められて心臓が止まりそうになる。

運転席に座っていたのは、紛れもなく雅道だったからだ。

帰宅途中だった生徒たちも、一斉にそちらを見ている。

未月は聞こえないふりをし、さらに足を速めたのだが、その背にさらに声がかけられた。

「おい、聞こえねぇのかよ！　モデル中におっ勃てちまった先生！」

「たっ、立ち上がった！　確かに座っていたのに立ち上がったのは悪かった、だからってそんな大声を出さなくてもいいだろう！」

悲鳴のような声で言い訳しながら、未月は車に駆け寄った。

「なんの嫌がらせだ！　いくらなんでもひどいじゃないか！」

窓から首を突っ込む勢いで抗議すると、雅道は助手席を指差す。

「いいから、乗れ」

「どっ、どこへいく気だ。嫌だ、これ以上俺はあんたの好き勝手には」

「あの床に零れたのは、俺が掃除したんだよなあ、先生が出しちゃった後始末」

「はっ、鼻血をな！　出して床に零しちゃったからな、鼻血を！　あの節はいろいろとお世話になりました！」

じろじろとこちらの様子をうかがっている生徒たちに、さらに釈明するように大声で言いつつ、未月は雅道を睨みながら助手席へと乗り込んだ。

「あんた、これは脅迫だろう！　いったいなんのつもりだ。俺になんの恨みがある。どこへいこうってんだ！」

のほほんとしている顔にくってかかると、雅道はのんびりと答えた。

「どこって、お前の家。送ってやる」

「俺の家……？」

嫌だ。教えたくない。そう考えて躊躇していると、あっさりと雅道が言った。

「香奈目の学級名簿で調べたから、住所は知っている。いくぞ」

発進した車の中、未月は魂が抜けていく気分で、革のシートにぐったりと寄りかかったのだった。

「送るだけじゃないのか。なんだってついてくる。車、あんな場所に停めておくと、駐禁でえらい罰金をとられるぞ」

「金払えばいいんだろうが」

「……レッカー移動されればいいんだ」

「めんどうくせぇ、そうしたら買いなおす」

これ以上まともな人の道を解いても、雅道にはまったく通用しないだろう。

ワンルームマンションの細い廊下で、未月は溜め息をついた。

ここしばらく接してきた間に、雅道の性格は少しずつだが把握してきている。

それがどんなに正論でも、この男は動かない。理屈でなく動物的な感性で行動しているとしか、考えられなかった。

そして今現在も、常識ではまったく理解不可能なことをしようとしている。

「……なんでそこに立っているんだ」

未月がドアを鍵《かぎ》で開けようとしている背後に、じっと雅道は突っ立っていた。

肩越しに、ドアを開こうとする手を見つめているのがわかる。

「い……言っておくが、あんたを部屋に上げるつもりはないぞ。なんのつもりで送ってくれたのかは知らないが、とにかく早く帰ってくれ」

焦りつつ言って、未月はドアを開いた。急いでドアの内側に身体を滑らせ、鍵を閉めようとしたのだが。

「先生、痛ぇよ」

淡々とした表情で、雅道は下を指差した。ドアの隙間に、革のサンダル履きの足が挟まっている。というかこれは明らかに、ドアを閉めさせないように足を突っ込んだ状態だ。

「痛いなら、早く足を引っ込めろ」

「引っ込めるにしても、ちょっとドアを開いてくれねぇと」

未月はどうすべきかと、ドアノブを握ったまま思案する。

と、ドアの縁に雅道の両手がかけられ、思い切りぐいと開かれた。

「わ、ちょっ、あんたっ」

「わかってるって、靴はここで脱ぐんだろう。しかし狭い玄関だな」

予測していたとおり、雅道はずかずかと未月の部屋へと入ってくる。

「わかってるじゃない！　だっ、誰が部屋に入っていいと言ったんだ！」

「なあ、先生」

雅道はまったくこちらの非難が聞こえていないようで、どっかりとベッドの上に腰を下ろした。

「味噌汁が飲みたいんだ」

「……は？」

唐突な言葉に聞き返すと、雅道は真っ直ぐにこちらを見ながら繰り返す。

「味噌汁。……香奈目のやつ、自分が登校したから先生はもう家にはこない、なんて生意気抜かしやがってたから、俺も心配になって」

「心配って……味噌汁が飲めないと思ってか？」

呆れ果てる未月に、相変わらず傲岸不遜《ごうがんふそん》な態度で、雅道は繰り返した。

「ああ。だから味噌汁、作ってくれ。大根のがいいな。玉子も入れてくれ」

見慣れた部屋の中に、宇宙から飛来した物体が鎮座している気分で、未月は着替えをし、どうするべきかを引き続き考えた。

これはある意味、狼男の餌付《えづ》けに成功したといっていいのかもしれない。

だが、肝心の香奈目はもう学校にきているのだし、雅道に構ってやる義理はなかった。

……はずなのだが。

「あ、俺の絵。飾ってくれてんのか」

ベッドの傍の壁を見た雅道に指摘され、未月はぎくっとしてからもそもそと、まあ一応、とうなずく。

まさか自宅にくるとは思っていないから飾ったのだが、なんだか雅道という存在を受け入れたと思われるのではと、照れくさく感じた。

正直、先日アトリエで絵を見せてもらってからは、雅道のことを単なる変人とは思えなくなっている。

もちろん、ろくでもないことをいろいろされたのだが、なんというか、その行動にはどこか無邪気な部分があった。

だからこそ残酷で恐ろしいとも言えるのだが、陰湿な意地の悪さなどは感じられない。

理屈ではなく、欲しいものは欲しい、やりたいことはやりたいという、純粋な飢えのようなものを未月は感じ取っていた。

今日だって、わざわざ学校まで迎えにきて、なにを言い出すかと思えば味噌汁だ。

未月自身、そこまで料理上手という自覚はない。あの程度のいわゆる家庭の味を、子供の頃からまったく口にしておらず、ここにまでやってきたのかと想像すると、なんとなく心が痛んでしまう。

「……味噌汁だけってのも変だろう。夕飯を、食べていけばいい」

「いいのか？」

およそ初めて見せた、こちらに対していいか悪いか許可をとろうとする雅道の様子に、未月は苦笑する。

「ああ。ただし、例によって好き嫌いは却下だ」

未月の言葉に雅道は、真剣な顔でうなずいたのだった。

まさか客がくるなどとは考えていなかったから、冷蔵庫にはあり合わせのものしかない。

幸いにも大根はあったので、それと玉子で味噌汁を作り、おかずには冷凍コロッケと、きゅうりとカニカマのサラダを用意することにした。

その間、雅道は物珍しそうに部屋中を見て回っている。

「おい、あんまり勝手に引き出しや収納を開けるなよ」

ワンルームなので、キッチンからも雅道の行動はよくわかる。

気にかけつつ叱るが、雅道はユニットバスのドアを開いて、感心したような声を出した。

「ホテルでこのタイプの風呂を使ったことはあるが、それにしても狭いな！　このバスタブじゃ、足が伸ばせねぇだろ。トイレットペーパーが濡れたりしねぇのか」

「……なんだって慣れるものなんだ。住めば都って言うだろ」

「それにしても……天井も、すげぇ低いな」

びっくりした、というように頭を軽く振りながら、雅道はユニットバスから戻ってくる。

その間にも、遠慮なく思ったままを口にした。

「そのベッドは、未月の大きさに合わせてオーダーしたのか？」

「あんたにとっちゃ狭くてミニチュアサイズかもしれないが、標準的なシングルベッドだ！　バカにするのもいい加減にしろ」

いったい誰のために、夕飯の支度をしていると思っているんだ。

ぶつぶつ言いながらも未月は、きゅうりを塩もみする手を止めない。

その背後から、雅道が覗き込んでくる。

「それ、なにやってんだ」

「きゅうりのサラダだよ。薄くスライスして、マヨネーズで和《あ》えるんだ」

「ふーん。すげえな、そんな薄っぺらく切れるもんなのか」

「いや、それ用のスライサーがあるからな」

「そうなのか。……ああ味噌汁のいい匂いがする」

そう言うと雅道は口をつぐんだ。が、それでもやはり背後から動かないのは、先日の笠嶋邸のときと同じだ。

「……なあ、テレビでも見ていてくれ。観察されてるみたいで気が散るから」

妙に緊張してしまうのでそう頼んだのだが、雅道はきっぱり答えた。

「いや、ここで未月を見たい」

「はあ？」

「この前も思ったが、なんか……ホッとするんだよな。未月が料理をする後姿を見てると、気分がいい」

そう言って雅道は、背後から軽く腰に手を回してきた。

「わっ、バカ、やめろって」

まるで新婚カップルのような行動に、未月は顔が熱くなるのを感じた。

「ちょっとくらい触ったっていいじゃねぇか、ケチ」

耳元で言われて感じてしまいそうになり、未月は慌てる。塩もみきゅうりを水で洗いながら、必死に身を捩《よじ》らせた。

「そんなことをしていると、いつまでも味噌汁が飲めないぞ！」

きっ、と振り向いて言うと、渋々ではあるが雅道は手を離し、少しだけ後ろに下がった。

けれど、やはり後ろからの視線を感じる。

未月はなんとなく面映《おもは》ゆいような、妙な感覚にとらわれていた。

物騒な狼に懐かれたような、母親のエプロンの裾をつかんで離さない子供がいるような、そんな気分だ。

きっと雅道は幼い頃、こうして母親がキッチンに立つ姿など、見たことがないのではないだろうか。

——いやいや。

未月はしかめっ面をして、ほだされそうな自分を叱咤《しった》する。

もう騙されるまい。この男が自分になにをしたのか、忘れては駄目だ。

女性とも大した場数を踏んでいない未月を全裸にし、尻に尻尾付きのローターを突っ込んだ相手だ。

しかし同時に、感じまくってしまった自分自身に、呆れてもいるのだが。

なにはともあれ夕飯の支度ができ、小さな折り畳みテーブルに料理を並べていくと、雅道は男らしくりりしい顔を、嬉しそうに輝かせた。

「ああ、やっぱりこれだ。未月の飯が、ずっと食いたかったんだ」

そんなことを言われてしまうと、いくら駄目だと思ってみても、嬉しいと感じてしまう。

「ん、そうか。遠慮しないで食べてくれ。あ、でもその前に、することがあるだろう」

未月が言うと驚いたことに雅道は、先日教えられたとおりに、いただきます、と頭を下げた。

ものすごく当たり前のことなのだが、常識的なことをする雅道に対して、未月は感動すら覚えていた。

美味い、と何度も感嘆の声を上げながらお代わりをする雅道は、見た目は男らしい強面なのだが、やはり子供のように思えてくる。

しかし、夕飯が終わって満足そうに茶をすすっても、雅道は一向に帰宅しようとしない。

食器を洗い終えて不安になってきた未月は、やんわりと帰宅をうながしてみた。

「な、なあ。俺はこれから風呂へ入る。あんたはそろそろ……」

「あ、俺も入る」

のっそりと立ち上がった雅道に、未月は慌てる。

「はっ、入るって、うちの風呂にか？　ゆっくり自分の家の、広い風呂に入ればいいじゃないか！」

「そうしたら、風呂掃除しなきゃならねえだろうが」

「だろうが、ってすればいいだろうが！　自分ちの風呂掃除ぐらい」

どんなに文句を言っても抗議をしても、もう無駄だった。

ようやくこの男の思考回路がはっきりしてきた。雅道は、これがやりたい、と思ったら止まらない。

なにがなんでも、どんな手を使っても遂行するのだと実感し、未月は改めて戦慄を覚えていた。


「だから、狭いって言ったじゃないかあ！」

どうしても一緒に風呂に入りたい、と強引に押し切られ、雅道とユニットバスを使うはめになった未月だったが、もうそれは滅茶苦茶としか言いようがなかった。

普段未月はちんまりとバスタブにつかり、静かに身体を洗うのが常だ。

ところが今夜は雅道が、湯はざぶんざぶんと溢れさせる、泡風呂にするなどと言い出して泡だらけにする、しまいに身体を洗ってやるなどと言われて、未月は頭から泡だらけにされてしまった。

その上、初めて見る雅道の裸体はやたらと逞《たくま》しい。

ムキムキとまではいかないのだが、長身の身体にしっかりと筋肉がついていて、ウエストの位置が高く、手足が長かった。

「ひゃっ！」

その身体が、ふいに正面から絡みついてきて、未月は情けなくも悲鳴を上げた。

「なにするんだ、離せ！」

泡でぬるついてるから、皮膚の接触をひどく生々しく感じる。

ただでさえ、またなにかされるのではとびくついていた未月は、抗議の声を上げた。

「なっ、なんなんだあんた、こんな、なんでもかんでもやりたい放題が許されると思ってるのか！」

「なんでもかんでもじゃねぇ」

すっ、と雅道の目が思い詰めたような光を浮かべ、未月は慄然とする。

「俺が手を伸ばすのは、本気で欲しいと思ったものだけだ」

その声も瞳も、以前モデルをしながら弄ばれた時とは、まるで違っていた。

思わず未月はどきりとして、その目を見つめ返したまま言葉を失ってしまう。

今の雅道は面白がってもいないし、からかってもいない。これまでとは、なにかが違う。

前髪から雫を滴らせて呆然としていると、大きな手のひらが、ゆっくりと未月の背を抱き寄せ、もう片方の手が脇腹を撫で始めた。

「あっ、や……っ、やめろって！」

「隣に聞こえてもいいのかよ、未月」

これまでのように先生、ではなく、未月と雅道は呼ぶ。

「への脇と、首筋から背中も感じるんだよな、未月は」

「ちがっ、ん……うっ、やめろって、バカ！」

雅道が言った部分を爪の先でくすぐられると、ひくっひくっと身体が反応してしまう。

未月は雅道の肩に頭を押し付けるようにして、与えられる刺激に身悶える。

「ここも、ほら、もう手にひっかかるほどしこってる」

胸を撫でさすられて、突起が固くなっていることに気づいて雅道が言う。

「あ、あんたがっ……こんなこと、する、からっ……あっ！」

きゅ、としこりを摘まれて、びりっと痛みの混じった甘い痺れが走った。

「いっ、いたっ、い、やっ」

きゅうきゅうと雅道は、しつこく突起を刺激してくる。

「あ……ああ」

そんな部分で感じるはずがないのに、未月の身体からは抵抗する力が、すっかり抜けてしまっていた。

耳に息を吹きかけられると、それだけでぞくぞくとした震えが背中を駆け抜ける。

「可愛い、未月。すげぇ敏感だよな、お前」

「な、こと、ない……っ」

足の間に、雅道は片方の足を割り込ませてくる。ぐいと腰に押し付けられた部分が、ひどく熱く硬いことがわかって、未月は息を飲んだ。

掘られるかもしれない。そう思うと、足が震えそうだった。こんな大きなものを突っ込まれたら、身体がおかしくなってしまう。

「肌、すげぇ触り心地がいい。ここしばらく、ずっとこうして、お前の身体を感じたいと思ってた。なあ、俺と香奈目、どっちに触られるのが感じる?」

「なに、バカなことっ……っあ！　も、そこ、いやだっ」

「初めは、鬱陶しかった。でも今は違う。お前のやることなすこと、可愛くてしょうがねぇ」

「んんっ、や、あ」

執拗に責め立てられた胸の突起は、じんじんと腫れたように熱と痛みを持ってきている。

懇願すると雅道は、強く刺激することはやめたのだが。

「っは……っ、あ、あぅっ……」

今度はそっと、羽が触れるような繊細さで、固くしこった突起を指の腹でかすめるように触れてくる。

もどかしいような痛痒感に、未月はきつく眉を寄せた。

「や……いや、だ、も……」

雅道の素肌が、裸の胸にこすれるだけで、変な声が出てしまいそうになる。

「いやじゃねぇだろ。気持ちいいんだろ、未月」

言いながら雅道の両手は、胸から下腹部に滑り降りていく。

「っああ！」

一番敏感な部分を握り込まれて、未月は快感に喘いだ。そこはすでに、完全に勃ち上がってしまっている。

「触るなっ、いやだっ」

「そうか？　いやなら濡れてねぇはずだけどな。ぬるぬるだぞ、お前の」

笑いを含んだ声に、未月は羞恥のあまりわけがわからなくなる。

「そ、それは、石鹸《せっけん》の泡で……っ、ん、んんっ」

どうしてこんなに感じてしまうのか、自分でも身体の反応が理解できなかった。

ろくに触れられてもいないのに、なぜ先走りの液体が、こんなにまで溢れてしまっているのか。

羞恥のあまりいたたまれないのに、雅道は嬉しそうだ。

「こんなにして、本当に可愛いな。……もっといじめたくなる」

「なっ、あ、いやだっ」

いじめるということは、やはり嫌がらせなのだろうか。

自分は二人のために頑張っているつもりなのに、いつまでも玩具《おもちゃ》のように思われているだけなのか。

そんな思いが、恥ずかしいところを散々にいじられる屈辱と相まって、未月は泣きそうになってしまう。

しかし心の中は辛くてたまらないのに、身体はさらに熱を持って昂ぶっていた。

無意識に腰が揺れ、そのたびにぬるぬると泡だらけの身体が擦れ合う。

「も、やだ、……お、ねがっ……い、あっ、あ」

達しそうになると雅道の手が根元をきつく握り、焦らされる苦しさに、未月の目には涙が滲んでいた。

と、雅道による拘束が緩み、未月の身体を後ろ向きにさせる。

「あ、あ……」

ぎりぎりまで追い詰められて放置され、未月はきつく目を閉じ、浴槽の縁に手をついてやるせなさに耐えた。

「少しきついだろうが、我慢しろよ」

低く囁かれ、背後から雅道が腰を抱える。なんのことだ、と未月の身体に緊張が走った瞬間。

「つう、ああ！」

ぬる、と後ろの窄《すぼ》まりに濡れた指を感じて、未月は驚きと異様な感覚に声を上げた。

「やっ、やめっ！　そんなとこ、触るな……！」

逃がれようともがくが、雅道の指の動きは止まらない。周囲をぐるりとなぞってから、指先が中へ潜り込もうと蠢《うごめ》き出す。

「つう！　あ、やっ、やだっ」

「怖くねぇだろ、未月。この前だってあんなに感じてたし……なあ、お前も名前で呼んでくれよ。雅道って」

「あ、あ……、い、いや」

体内に指を入れる気なのだとわかって、未月は必死に抵抗しようとした。

けれど、足の間に片方の足を入れられて閉じられない上に、もう片方の手を雅道は前へと回してくる。

「っあ……っん、や……あ」

後ろと前を泡でぬるぬるになった手でこすられて、ガクガクと膝が震えた。

「本当にいやか？……前、がちがちじゃねぇか」

「そ、そんなこと、あんたが、するから……っひ、ああっ」

ぬっ、と指が挿入されて、異様な感覚に未月は息が詰まりそうになる。

「っは、い、や……ぁ」

「力抜け。そうしないと、痛ぇから」

いやだ、いやだ、とうわ言のようにつぶやきながら、未月は力なく首を左右に振る。

粘膜をいじられる感覚に、鳥肌がたつ。雅道の指先が中をかき回すように動いて、喉が絞まるような苦しさを感じた。それなのに、どうして。

「あ……、駄目……っ、も」

わななく唇で、未月は限界を訴える。雅道の指の腹が内壁を強く撫でるたびに、未月のものは達してしまいそうになっていた。

「うぁ！　そ、そこ、やだっ」

「ここがいいのか？」

おかしいくらいに感じてしまうところを、強く雅道は刺激する。

けれどそこへの刺激だけで達することはできず、もどかしさに未月はすすり泣いた。

「も、や、やめて、くれ……っ、苦し……っ」

と、ようやく抗議は聞き入れられ、雅道はゆっくりと指を引き抜いていった。

「う、うっ」

痛みとも快感ともつかない刺激に、未月は歯を食いしばる。体内の異物感がなくなり、ホッとしたのも束の間。

「っ！」

びくっ、と未月は全身を強張らせる。背後にぴったりと、雅道のものが押し付けられたのを感じたからだ。

「た、頼む、から。やめてくれ。無理だ」

強引に突き入れられる恐怖に、震える声で懇願すると、雅道は改めて未月の腰を引き寄せる。

「安心しろ。挿《い》れねぇでやるから」

「え？　あ……、は、あっ」

ぬる、と硬く熱いものが、先ほどまで指を入れられていた場所の出入り口を滑る。

素股《すまた》、という単語が浮かんだ瞬間、未月の頭は羞恥と混乱で真っ白になった。

「もうちょっとだから、おとなしくしてろ」

雅道は腰を動かしながら、未月の前に絡めた指で、先端の窪《くぼ》みをきつくこする。それはすでに、限界まで張り詰めて、反り返っていた。

恐ろしくてたまらないのに、身体は貪欲に快感に反応してしまう。

「っ駄目……も、あああ！」

きつく閉じた目から涙が零れ、未月は熱を吐き出した。

間もなく背後に、熱いものが放たれるのを感じる。

「はぁっ、……は、ぁ……あ」

ぐったりして力が入らず、自由のきかない身体を、後ろから雅道が抱きかかえて支えた。

そうされなかったら、未月はずるずると浴槽に沈んでしまったかもしれない。

男と二人で一緒に入った末にユニットバスで溺死など、三面記事のいい笑いものだ。

改めてシャワーで汚れを洗い流し、風呂から出る頃には、未月は精根尽き果ててしまっていた。

「……ほら、タオルだ、さっさと拭け！　そして帰れ！」

すっかりのぼせてよろけつつも、無理矢理いかされた怒りと恥ずかしさで、ほらほらと服を投げつけ玄関を指差す未月に、雅道はしれっとした顔で言う。

「いや、なんかもう眠い」

「はあ？」

「先生も寝るんだろ。早くベッドに入れ」

「……待ってくれ、ちょっとなにかおかしくないか、その台詞は」

パジャマを着終えた未月は、額を押さえて俯いた。

どういうつもりだ。泊まる気なのか。布団《ふとん》は一組しかないし、寒い時期ではないにしても、雑魚寝《ざこね》をしたら風邪を引きそうだ。

もちろん、雅道が床で寝てもいいなら放っておくのだが。

「どこで寝る気なんだ、あんた」

恐る恐る聞くと、雅道は無造作にベッドを指差す。

「どこって、ベッドは一つしかねぇじゃねえか」

「それじゃ俺の寝場所がなくなる！　悪いが、うちに客用の布団はないんだ。帰って自分のベッドに寝てくれ」

「なんで未月の寝場所がなくなるんだよ。一緒に寝ればいい」

「っ……、なにをまた勝手な」

末月が文句を言い終える前に、雅道はまだ全裸のまま、ベッドにどかっと座ってタオルで髪を拭く。

「あっ！　こら、まだ背中がびしょびしょなのに布団に座るな！」

「なんでだ」

「なんでって濡れるじゃないか！」

「乾くだろ、そのうち」

「そういう問題じゃない！」

ぎりぎりと歯噛みをしつつ、説得するより手を出したほうが早いとばかりに、末月は自分のタオルで雅道の広い背中を拭く。

よく見ると、二の腕の後ろやふくらはぎの後ろもびしょ濡れで、本当に大きな子供か犬を相手にしているようだ。

腰をかがめてせっせと拭いてやりながら、末月の頭の中は、なんで自分がこんなことを、と理不尽さでいっぱいになってくる。

「身体ひとつ満足に拭けないのか。……それと着替えの下着は新しいのをやるが、きっとあんたのサイズには合わないぞ」

「別に下着なんぞ履かなくても問題ねぇし。ジーパン履きゃ見えないだろ」

「じゃあ、とっとと履け。そしてノーパンで帰れ」

睨んだ未月の顎を、大きな手がふいにつかんだ。

「帰らねぇ。って、言ってるだろ」

「っな！　なにするんだ！」

中腰で顔を抑えられ、至近距離で目と目が合う状況にさせられて、未月はうろたえる。

雅道は、くい、と顎で横の壁を示した。

「さっきから、隣の部屋の物音が聞こえる。つまり、この部屋の音も聞こえるってことだ。

……静かにしてろ」

「な、なにを……」

やっぱり掘る気か、と身構えた未月に、雅道は低く囁く。

「ものすごく眠い。もう寝るぞ」

「だから、さっさと帰って寝ろって」

未月の説得も虚しく、雅道は薄い布団をめくった。

「おい、本当に一緒になんて……わっ」

雅道に羽交い絞めにされるようにして、未月は一緒にベッドに倒れ込んでしまう。

「未月と一緒に寝たい」

「子供か、あんたは。俺と寝て、いったいなにが楽しいって言うんだ。なあ、これじゃ本当に狭いだろう。少し我慢して家に帰って、ゆっくり眠ればいいじゃないか。それに……」

なおも言いかけて未月は口を閉じる。すうすうと、健やかな寝息が聞こえてきたからだ。

雅道はスイッチが切れたかのように、すでに眠ってしまっていた。

まるでものを食べながら眠ってしまう幼児みたいだ、と未月は呆れる。

だが、身体はがっちりと雅道にホールドされていて、ベッドから出ようにも出られない。

「はあ……」

未月は思わず目を閉じて、大きく深い溜め息をつく。風呂場の一件もあり、なんだかものすごく疲れてしまっていた。

それに、たとえ怪物が相手でも、人のぬくもりはなんとなく安心させるものがある。

閉じた瞼《まぶた》をもう一度持ち上げる気力は、未月には残されていなかった。

――何時だろう。ここは、どこだろう。

沼の底から気泡が水面に浮かび上がるように、ぽっかりと未月が目を開けたのは、まだ窓の外が真っ暗な時刻だった。

暗くてよくわからないが、なんだか妙に暑い。何気なく横を向いた瞬間。

——なんであんたがいるんだよ！

絶叫しそうになって、未月は慌てて口を手で押さえる。

雅道は全裸のまま、しっかりと未月を腕枕するようにして抱えて眠っていた。

——そ、そうか。確かこいつは、このベッドで俺と寝たいと言っていた。

本当にやりたいことは、なにがなんでも実行するやつなんだ……。

ごく普通に、常識的に、地道に、堅実に、をモットーとして生きてきた未月にとって、この男は本当に、畏怖すべき怪物のように思えた。

そしてどうやら自分は、雅道の気に入りの玩具状態になってしまったらしい。

当初なんとか更正させようと、せっせと世話を焼いた結果というわけだろうか。

そう考えればこちらにも責任があるかもしれないが、こうなっては更正どころかストーカーだ。警察に相談するべきなのかもしれない。

——だけど、なんとなく。

モデルの際には雅道と香奈目の二人に、煮え湯を飲まされた。

散々な目に遭わされたのだから、もっとこちらは怒っていいはずだ。

それなのに憎みきれないのは、きっとアトリエの素晴らしい絵の数々を見せられてしまったからだろう。

少し首を巡らせると、壁にかけた雅道の絵が目に入る。

本来ならば、自分を辱めた相手の絵など見たくもなくて、捨ててしまうのが当然のはずだ。

自分でも、なぜそうできないのか不思議だった。むしろ、視界に入るたびにうっとりと見惚《みほ》れてしまう。

未月の心の奥深くに食い込んで染みていくような美しさが、雅道の絵にはあった。

現金なもので、単なる変人と思っていたときと比べ、雅道を見る目が多少変わってしまったことは否めない。

それに絵画という表現には、ある程度、描いた者の心の底が表れるのではないだろうか。

未月はあれらの絵からも、雅道の言動からも、どこか幼い純粋なものを感じていた。

面白いから遊ぶ。欲しいから手に入れる。やりたいことをする、したくないことはしない。

世間一般の社会人であれば許されないことなのだが、本能に忠実なだけで、悪意があるわけではない。

度の過ぎた我儘や、人を人とも思わない態度には腹が立ったが、それも育った環境を考えると仕方ないのかもしれない、そう思えてきてしまったのだ。

わざわざ学校まで迎えにきた理由が、味噌汁が食べたい、という理由だったことに、きっと嘘はない。

傍若無人な資産家で、毎晩一流の料亭で食事だってできるだろうに、なんだかいじましいではないか。

きっと雅道が欲しがっているのは、人のぬくもりとか、家庭の味なのかもしれない。

未月はそっと、雅道の寝顔をうかがう。

すやすやと寝息をたてる彫りの深い顔は、顎ががっしりとして眉もきりりとし、とてもいじましいなどと思える面構えではない。

それでもどういうわけか未月は、放っておけないと思えて仕方がなかったのだった。

帰っていく間際、自宅でのモデルを続行しないなら、また訪ねてくると雅道に宣言された未月は、次の日曜日に渋々と笠嶋邸へ足を向けた。

雅道が自宅に泊まった翌朝、ゴミ捨ての際にばったり会った隣人が、なんとなくこれまでとは違った目で自分を見ていることに未月は気がつき、愕然とさせられたのだ。このワンルームマンションは、壁が薄い。

きっといいように喘がされた声が、全部とは思いたくないが、少なくとも一部は漏れ聞こえてしまっていたに違いなかった。

けれどあの一回だけなら、もしもその話題に触れられたとしても、『実は体育会系の友人が遊びにきて柔軟体操をさせられていたんです、身体が硬くてついつい悲鳴なんてあげちゃってハハハ』という言い訳は準備できている。

二回目はあってはならない。そのためにも未月は、笠嶋邸へ赴いて、モデルを続ける必要があった。

考えたくはないが、もしかしたらまた好きなようにつつき回されて、遊ばれる可能性も残っている。

けれどそうしたら今度こそ、泣き寝入りはしない。香奈目も含めてびしっと厳しく、絶対に許さない、という意思を表明しよう。

そう覚悟を決めて訪問した未月を、香奈目は驚いた様子で迎えた。

「先生、どうして。……まさかまたいらっしゃるとは思っていませんでした。なにか心境に変化をきたすことでもあったんですか？」

あるといえばあるが、雅道が自宅へきたことを香奈目は知らないようだ。

まさか、叔父さんが家に押しかけてきて強引に素股をした上に泊まっていき、それが困るので再訪問しました、とは教え子に説明できない。

「つまり、生活全般を改善させる必要があると言っただろう。それにはまだ、叔父さんに任せきりというわけにいかないし」

釈明しながらリビングを横切り、白い長椅子の置いてある部屋へとおもむく。

だが、いつものように服を脱ぎ出そうとすると後から入ってきた雅道が、片方の手を上げて制した。

「未月。脱がなくていい」

「ええ？」

思わず香奈目とハモってしまった。

「着衣のクロッキーがやりてぇんだよ。そのままでいいから、座れ」

本当にいいのだろうか。なにか企みがあるのではないかと躊躇していると、香奈目が小声で囁く。

「こんな雅道の物言いは解せません。やはりなにかあったんじゃないんですか」

どうして脱がせないのかは、未月にも理由がわからない。

「いや……俺も驚いている」

香奈目と同様に小声で返すと、雅道がこちらをじろりと横目で睨む。

「なにをごちゃごちゃ言ってる。未月、早く座れ。香奈目もとっととクロッキー帳持ってきて描きやがれ、エロガキ」

「なんだと。貴様のようなエロじじいに言われたくない。せめて耽美と背徳趣味が高じた芸術的感性を持ち合わせた青少年、と言え」

「遠回しに言ったところで、未月を脱がせないのが不満なんだろうが、このムッツリが」

「確かにせっかくだから脱がせたいが、俺はムッツリではない」

どうして自分を脱がせたがるんだ！　とは怖くて未月は聞けなかった。

この二人のことだから、どんなとんでもない理由を言い出すかわからない。

いずれにしても脱がなくていいのはありがたい、といつもの長椅子に座った未月に、ふいに雅道が話を振った。

「未月だって着たままがいいだろ。脱がなきゃ駄目ってんなら、香奈目はいないほうがいいよな」

「当たり前だ！」

二人よりは一人のほうがましだし、もちろん雅道の前でだって遠慮したいが、生徒と思うとさらに抵抗がある。

そういうつもりで咄嗟に出た言葉だったが、香奈目は薄い唇をへの字に曲げた。

「なぜですか。この男と二人きりのほうが、先生にとって都合が悪いと思いますが。脱いでいなくたって、二人きりになったら脱がせますよ、こいつは。俺は生徒として、先生を見守る義務があります」

だからお前も猫耳を装着させたくせに、見守るもクソないだろうが！

未月は心の中で何度目かの突っ込みを入れつつ、確かに、雅道が強引に押しかけてきたときには、脱がされるどころの話ではなかったと思い出す。

内心の動揺を押し隠し、未月は平静な口調で答えた。

「まあ待て、香奈目。お前たちは人を裸にして面白がっていたようだが、そもそも俺は男だぞ。二人にそっちの気があるならともかく、本来俺が脱がされるかどうかなど、バカバカしい心配だろう」

ははは、と乾いた笑い声を上げるが、二人とも真面目な顔で押し黙ったままだ。

笑いを引っ込めて眉を顰めた未月に、雅道が首をかしげた。

「そっちの気？　ゲイかどうかってことか？」

率直に言われて、なぜだか未月はひどくうろたえる。

「あ……ああ、まあ、そういう意味だ。でも言葉のあやというか、冗談というか」

「なにが冗談なんだ。俺はゲイじゃねぇ。性別なんか気にしてられるか」

「そ、そうだよな、性別なんか」

うんうんと話を合わせかけて、未月は言葉を切った。――気にしないということは、つまり。

頭の整理がつかないうちに、香奈目が妙にきっぱりとうなずく。

「それに関しては、俺も貴様と同意見だ。恋を語る相手の条件として、男か女かは気にしたことがないな。そんなことはさしたる問題じゃあない」

もっともだ、当然だ、と初めて意見を一致させてうなずき合う二人を、未月は唖然として眺める。

ようするに、どちらもバイセクシャルということだろうか。

やはり自分には理解できない人種なのだ、と思うと同時に、未月は衝撃を受けていた。

雅道に関しては、遊びにしろからかうにしろ素股までされたのだから、男の身体に対して欲情できることはわかっていた。

だが、それはあくまでも身体を使った遊びであり、掘られると怯えたにしても尻を貸すといった程度の、女性の代用のようなものとしか考えていなかったからだ。

別に雅道が、男性をも恋愛対象として考える男だったからといって、なにが変わるわけでもない。

いきすぎた悪ふざけ、悪戯には違いないのだろうから、意識するなど無意味でバカげている。

頭ではそうわかっているのに、心臓が妙にばくばくと弾んで仕方なかった。

落ち着きたくて雅道には気づかれないよう、何度も背を向けたまま深呼吸を繰り返すのだが、一向におさまってくれない。

「始めるぞ」

苛立ちを顰めた低い声に、香奈目は溜め息をついて鉛筆を握る。

「少し、身体をねじってくれ。視線は上に。そう、そのまま」

雅道が未月に注文し、まずは二人してぐるぐると自分の周囲を回った。

描く位置を決めると、押し黙って手を動かし出す。

鉛筆の音は授業中のように、サラサラでもカリカリでもない。しゅっ、ざっ、と勢いよく紙面を滑っているのがわかる。

本来ならばこれが普通の状況なのだろうが、未月はすっかりとまどってしまっていた。

こんなに普通で、いいのだろうか。なにかがおかしいような気がしてくる。

また油断させておいて、これまでよりもっとひどいことをされるのではないだろうか。

ところが何度ポーズを変えても、一向に雰囲気が変わる気配はない。

「おい、雅道。このまま終わる気なのか」

とうとう香奈目が業を煮やしたらしく、苛立ったような声を上げる。

雅道は平然とうなずいた。

「ああ、そうだな。これで最後のポーズだ」

「本当に脱がせない気か。別にこれはこれで悪くはないが」

言いかけて香奈目はなにを思ったか一度言葉を切り、じっと意味ありげな目で雅道を見る。

「……雅道。お前、やっぱり」

言いかけた香奈目を、雅道は遮った。

「ぐだぐだうるせぇ。とっとと描いちまわねぇと、未月が夕飯作る時間がなくなるだろうが」

——もしかしたら。

未月は最後のポーズを取り、真面目くさった顔で自分を描写する雅道を見ながら考えていた。

これまで未月をモデルとして自宅へ招く目的は、自分を辱めて遊ぶことだった。

その目的が、一緒に食卓を囲んだり、以前より互いのことを知るうちに、別のものへと変わったのではないだろうか。

別の目的とは、すなわち。

——味噌汁だ！

だとしたらそれは喜ばしい変化だった。味噌汁くらい、いくらでも作ってやる。

未月の予測どおり、その日はモデルの後に作ったアサリの味噌汁を、雅道は四杯お代わりしたのだった。

着衣でモデルをし始めて以来、笠嶋邸への家庭訪問は、極めてほのぼのとしたものになっていた。

もう少しでMに調教されそうだった、と当時を振り返って未月は安堵の溜め息をつく。

香奈目は無断で休む日も、週に何度かあるにはあるが、それでも学校にくるようになっている。

どうやら香奈目の不登校の原因は、退屈という理由の他に、現代アートとやらの作品制作に熱中するあまりだったらしい。

一度見せてもらったのだが、石膏のようなものに彩色したという、強烈な色彩の魚介類と植物を足して割ったようなオブジェで、未月としてはなんと表現していいのかよくわからない代物だった。

だが、どうすれば学校へきてもらえるのか見当もつかなかった頃を考えれば、大きな進歩には違いない。

裸にさせられたり、猫耳を着けられたり、極悪非道な仕打ちに耐えてきた甲斐があったというものだ。

自分が登校しても家庭訪問を続ける未月の行動を、香奈目はどこか納得しきれていないようだが、手作りの夕飯は歓迎してくれているし、クロッキーも続けていた。

いつも未月は到着するとまず、買ってきた食材を冷蔵庫に入れてから、部屋の掃除に取り掛かるのが常だ。

その間に洗濯機を回し、自宅では洗えないものはクリーニング屋へ持っていくように仕分けする。

服は保管のことなどなにも考えずに、デパートからの訪問販売で購入しているらしい。絹や麻の素材なども多く、さぞかし高価だろうにくしゃくしゃに丸まって、部屋の隅に突っ込まれていたものもあった。

片付けに精を出した甲斐あって、リビングはすっかり清潔さと、本来持っていた機能美を取り戻し、広々として豪邸に相応しい空間になっている。

だが未月はそこに、あえて座布団を三組持ち込んだ。

背の低いどっしりしたソファは、お茶を飲むくらいならくつろげていいが、食事をするのに不向きだったからだ。

他にダイニングテーブルのような、食事をしやすい家具はない。

雅道の話によれば、適当にソファや床でごろごろしながら、酒とパンで過ごしてきたらしかった。

香奈目は香奈目で、自室でデリバリーなどを頼むこともあったようだが、基本的に食《しょく》への関心が薄い。

腹が満ちさえすれば、栄養などは錠剤で摂取すれば問題ない、という感覚で育ったようだ。

金があるのだから料理人だって雇えるのだろうが、二人ともヘルパーなどを頼むのは、生活のリズムを乱されるという理由で、抵抗があるらしい。

すでにあれこれと掃除道具を持ち込んでいる未月は、訪問するたびに存分に働き、思うさま徹底的に掃除と料理に勤しんでいた。

それはなにをしても二人が喜んでくれ、褒めちぎってくれたせいもある。

上手く乗せられたかな、という思いもなきにしもあらずなのだが、どうしても未月はほうっておけない。

それにしても二人には、何度も驚かされている。言い方は悪いが、専門バカとでもいうのだろうか。あまりにも一般的な事象を知らないからだ。

この日の夕食は煮物とお浸《ひた》し、ぶりの照り焼きというなんの変哲もない家庭料理だったのだが、香奈目は箸で小鉢の具をつつきながら、不思議そうに言った。

「雅道。このチクワや油揚げと一緒に入っている、黒いものはなんだ」

「……香奈目、お前はものを知らねぇな。俺は前に、画商に連れていかれた店で食ったことがあるぞ。それはヒジキだ」

「ヒジキ？　なんだそれは」

「なんだもなにも、ヒジキと言ったらヒジキだ。きっとあれだ、肘みてぇに曲がった木にでも生えるんだろ」

そう説明する雅道に、変な名前だなと言いながら、香奈目は曖昧にうなずく。

「なるほど、肘木か。こんなものが木にびっしり生えていたら気持ちが悪そうだな。まるで剛毛のように見えるだろうし……」

言いかけて、途中でなにかに思い当たったらしく、香奈目はハッと大きく目を見開いた。

「むしろヒジとは肘ではなく、秘め事と書いて秘事じゃないのか。つまり、生殖器や股間のような形状の木の幹に、ぼうぼうと密生するところから付いた名称だろうと俺は推測する」

「推測する、じゃねぇよこのエロガキ。股に生えた毛より毛深い肘のほうが、まだ食欲が湧くだろうが」

「いや、毛深い肘も股も、大して変わるとは思えない」

二人の滅茶苦茶な会話を未月は黙って聞いていたが、とうとう吹き出して笑い転げる。

口の中にものが入っていなかったのは、幸いだった。

「肘も股も関係ない！　第一、ヒジキは木に生えるわけじゃないぞ。それは、海藻だ」

指摘を受けて香奈目は未月と、箸でつまんだヒジキを、かわるがわる見る。

「海藻ですか？　おい聞いたか雅道、いい加減なことを教えるな」

「お前の、これはなんだ、って疑問に対する答えはヒジキで正解だろうが」

不満そうな雅道に、未月は笑っていいのか嘆いていいのか、複雑な気分になってしまった。

この二人は本当に、特殊な育ちをしたらしい。

だから変わっているけれど、根っこが純粋なのは確かだ。

おこがましいかもしれないが、やはり自分ができるだけ、世間一般の常識を身につけさせてやりたい。

そのためにも、やはりこうして三人で食事をしたり、買い物にいったりすることが重要だ、と未月は思うようになっていた。

散々やりたい放題のことをする雅道と一緒にいて、なぜもっと嫌悪感を抱かないのかは、自分でも不思議だ。

もしかしたら雅道が、世の中とあまりにかけ離れた世界で生きていると、よくわかってきたせいかもしれない。

もちろん、恥ずかしい目に遭わされたことに変わりないし、感じてしまった自分に落ち込んだり、担任教師として、香奈目には罪悪感を覚えている。

しかし黙って絵を描いている時の雅道は、その真剣な表情と野生的な容姿のせいで、つい見惚れてしまいそうになることもある。

単に同年代の絵描きと思って見ていたら、憧れの対象になっていたかもしれない。

着衣モデルも決して楽ではないが、かなり慣れてきて、仕事との両立もあまり大変という感覚はなかった。

モデルの後には今夜のように三人で食卓を囲み、二人の無謀な会話に突っ込み、恒例の口喧嘩の仲裁をする。

とはいえ最後はいつも笑ってしまい、帰路に着く未月の心はいつも、ほんわりと暖かいものになっていた。


「別に、わざわざ送ってくれなくても平気だぞ。子供じゃあるまいし」

この頃では帰宅の際に、いつも門まで香奈目と雅道が二人して未月を送ってくれている。

今夜は香奈目に電話がかかってきたのだが、まるでその隙をつくように、雅道に早くしろと外へ連れ出されていた。

「たまには二人で歩くのもいいじゃねぇか」

雅道の言葉を、未月はくすぐったく感じるが、悪い気はしない。

この狼男に対する印象は、当初とはかなり変化してきていた。

強引さにはとまどうし、腹を立てることも一度や二度ではないのだが、どうしても未月の味噌汁が食べたい、などと直球で甘えられると、突き放せなくなってしまっている。

昨晩の雨で湿った庭は、濃い緑の香りがしていた。足元は暗いが、今夜の月は明るい。

ふと見上げた雅道の、間近に見ると無駄に整っている横顔の後ろに満月があり、このまま本当に狼男に変身しそうだ、と未月はこっそり考えた。

「なあ、未月」

門の手前まできたところで、ぴたりと雅道は立ち止まる。

なんだろう、と未月も立ち止まって向き合うと、雅道は妙に真面目《まじめ》くさった顔をして言った。

「これからも俺はお前を触りたいし、キスもしたいし、できれば突っ込みたいと思っている」

「――――はあ？　なっ、なにをあんたは」

唐突な言葉に、未月は目を瞠《みは》って長身の変人を見上げる。

「だからずっと、家にきてくれ。モデルだけじゃなく、こうやって俺たちの飯作ったり、一緒に食ったり……それで一生、俺のために味噌汁を作ってくれ」

「そっ、それは……」

どういうことだ。未月は困惑して、月明かりの下で考え込んでしまった。

手料理が食べたい、一緒にいたい、一つのベッドで眠りたい、セックスしたい。それに味噌汁を一生。

雅道が望んだことをまとめると、まるでそれは。

「あ…あんたは、俺をなんだと思ってるんだ。だってなんだか……その話だと、まるで……こっ、恋人にプロポーズするみたいじゃないか」

「みたいにじゃない」

きりりと正面から見据える目は、澄んで真摯《しんし》な色を浮かべている。

「お前と一生、時間を共有したいから言っている」

「……え」

ただでさえ火照《ほて》っていた顔が、さらに熱くなってきた。

——なんだかおかしい。本来なら、ふざけるなと怒鳴ってやるか、バカを言うなと笑い飛ばしてやるはずなのに、それができない。

なんと返事をしていいのか迷う自分に、未月は動揺していた。

「そ、そんなこと言われても。しばらく……考えさせてくれ」

「どうしてだ。俺が嫌いか」

強い目の光に、未月は怯《ひる》みそうになる。

「き、嫌われたって仕方ないことを、あんたはずっとしてきたじゃないか」

「それで？　嫌いなのかと聞いている」

大嫌いなはずだった。最低最悪の、ろくでもない男だと思っていた。

それなのに今、どう答えていいのか未月はわからずに口ごもる。

「す……好きとか嫌いとか、そんな簡単なことじゃない。俺は……あんたや香奈目みたいに、感情だけで生きられない。理性ってものがあるし」

「ああ？　意味がわかんねぇ」

「俺は香奈目の担任教師なんだぞ。……そうだ、公務員で、教育者で、あんたは生徒の保護者で……第一、男だ」

言ううちに、未月は頭の中が整理できてきたと感じる。

だからさっきから混乱していたのだ。感情よりもまず、社会的な立場というものがある。

「あんたみたいに、自由には生きられない。周りの目だってあるし……それに、親に知られたらきっと泣かれる」

未月の言葉が終わるのを待って、ふう、と雅道は溜め息をついて目を伏せた。

「今のは、聞かなかったことにする」

「え？」

「その前に、しばらく考えさせてくれ、って未月は言っただろ。いいぜ、しばらく考えてから答えを出せ」

「わ……わかった」

猶予をもらったことに、未月はホッとしていた。

雅道はジーンズのポケットからなにやら封筒を取り出すと、未月の前に突きつける。

「招待状だ。来月半ばに、俺の個展がある。そのときに返事をきかせろ」

「個展……？」

何日間か猶予《ゆうよ》をもらえるなら、きちんと返事ができるかもしれない。

未月は封筒を受け取って、ぎこちなくうなずいた。

雅道はそんな未月に、満足そうに笑って見せたのだった。

「なんだ、香奈目。進路についてか、それとも授業内容か。悩んでいることがあったら、なんでも言いなさい」

夏休み中の登校日。

放課後に話があると香奈目に言われ、空《あ》いている生徒指導室で向き合って椅子に座りながら、未月はうながす。

香奈目が登校日に学校にきてくれたことも、こうして相談を持ちかけてくれることも、嬉しくて仕方がなかった。

雅道が着衣でモデルをさせるようになってからは、香奈目の悪戯も鳴りを潜めている。やはりあの悪ふざけは、雅道に引きずられている部分が大きかったのだろう。

「一度お前の進路について、話さなくてはと思っていたんだが。なにしろ、お前の家ではいつも落ち着いて話せなかったからな」

「ええ。ですが先生、進路についてではありません」

香奈目は白い両手を机の上で組み合わせ、沈痛な面持ちになっている。

そうすると元が端整なせいか、とても憂《うれ》いを帯びて見えた。

「進路じゃない？」

「はい。もちろんアートの道に進みますが、海外からアプローチをして日本に逆輸入という形にしようと、方向性はすでに自分で決めてあります」

「そ……そうなのか。なんだか難しそうだが、大丈夫なのか。美大や専門学校への進学は考えていないのか？」

「もう卒業後の予定は、具体的に決めていますから」

そこまで自信を持って断言されると、もう未月にはなにも言えなかった。

むしろ叔父の雅道や、祖父や祖母のほうがずっとそちらの道には精通しているだろうし、コネクションなどもあるのかもしれない。

「じゃあ、なんだ。話というのは」

改めて聞くと香奈目は、伏せていた目を一瞬こちらへ向け、それからまた自分の手に視線を落とす。

「……実は、雅道のことなんですが」

名前を聞いた瞬間、未月の心臓は、どきりと大きく跳ねた。

「あ……あの男が……叔父さんが、どうかしたのか」

「俺が言わなくても、先生は身をもって知っていらっしゃると思いますが、あれはああいう、どうしようもない男です」

香奈目は、ふうとひとつ溜め息をついた。

「まあ確かに……いろいろと、困ったところのある人だな」

複雑な心境で言うと、香奈目はふいに顔を上げ、きっぱりと言った。

「先生、雅道を信用したら駄目です」

「え？」

「なんとなく、最近の先生を拝見していると、どこか雅道に気を許しているようなので」

言われて未月は、慌てているのを誤魔化すように、何度も咳払《せきばら》いをした。

「お風邪ですか、先生」

「い、いや、少し喉がいらついて。ええと、雅道さんについては、前より距離が縮まったとか意外にいい人じゃないかと思い始めたとか、そんなことはまったくなにもないぞ」

「……それならいいんですが。先生が家庭訪問を続ける理由がよくわからなかったので、もしかしてと思って」

香奈目は、気がかりそうな目でじっとこちらを見つめたまま続ける。

「雅道が、モデルに手を出すことはたびたびです。気が向いたら寝て、飽きたら捨てる。そんなことはあいつにとって、日常茶飯事《さはんじ》なんですよ」

言葉の意味を脳か理解していくのと同時に、さあっと頭の上から血が冷えていくのを未月は感じていた。

「そ………そうか。そういう……こともあるのか」

かろうじてそれだけ言うと、香奈目はこっくりとうなずく。

「ええ。ですから、先生も気をつけていただきたくて」

「うん」

うなずいたきり、未月は絶句してしまった。自分でも理由がわからないのだが、喉が凍りついたようになってしまい、言葉が上手く出てこない。

「すみません。余計なことを言って。……頭の隅にだけ、雅道がそういう男だと留めておいてください」

言い終えると香奈目は席を立ったが、相談室を出る前に、未月を振り向く。

「心配のあまり忠告したんですが、あまり気にされないでくださいね」

「あ……ああ。別に、もとからあの人のことなど信用していない。……気をつけて帰りなさい」

未月はつぶやいたが、心ここにあらずといった状態だった。

廊下まで一緒に出ることすらせず、未月はしばらくぼんやりと、進路指導室の壁を見つめてしまう。

――別にこれは、ショックを受けたとか傷ついたとか、そういうことじゃない。妙に気持ちが沈むのは、多分……またうっかり騙されそうになっていた自分に、呆れているんだ。

雅道はきっと男も女も、何人もつき合っては別れてを繰り返してきたに違いない。

自分は多少、毛色が変わっていて珍しかったかもしれないが、すぐに飽きてしまうのではないだろうか。

――生徒の保護者。そして同性。どっちにしたってありえない。

普通であるべきだ、と幼い頃から植えつけられた、世間一般と同じであろうとする理性が、これが正しい答えだと告げている。

それに個展のチケットを見てからは、なんとなく雅道が、遠くに感じられていた。

香奈目に言われるまでもなく、絵をもらった時にも、付き合った相手に絵を選ばせたと聞いている。

いったい何人くらいいたのかわからないが、自分はごく普通の平凡な男だし、そうあろうと努力もしてきた。

特長といえばせいぜい、口やかましくてお節介なことくらいだ。

昨今の綺麗なお嬢さんたちに、太刀打《たちう》ちできるとも思えない。

「それに……そうだ」

雅道は別れた女性たちに、かなり気前よく貴金属アクセサリーの類をプレゼントしていたようではないか。雅道はどんな顔をして、女性にプレゼントをしたのだろう。何色が似合うとか、予算はいくらでとか、時間をかけて一緒に買いにいったりしたかもしれない。

宝石屋でケースをのぞき、楽しく笑いながらあれこれ選んで、店員さんにお似合いですね、などと褒められて。

雅道にとって未月が、そういう過去の恋人たちほどに想われているとは、とても思えなかった。

ちょっと綺麗な女性が目の前に現れたら、あっさりと捨てられてしまいそうだ。

「……捨てられるもなにも……」

未月は苦く笑って、溜め息混じりにつぶやく。

「拾われた覚えはないしな」

言い捨てるとようやく重い腰を上げ、生徒指導室を出たのだった。

――一ヵ月後、個展開催の初日。

香奈目の忠告以来、未月は笠島邸にいくのをやめていた。

夏休みが明けても香奈目は登校してくれているし、これでなにも問題はない。

もちろん、雅道が自宅へ突撃してくるのを警戒していたのだが、さすがに個展前とあって、忙しかったのかもしれない。

拍子抜けするほど、なにごともなく日々は過ぎた。なんとなくがっかりしたような気分なのは、それだけ身構えて緊張していたせいに違いない。

雅道は、もしかしたらなにか別の新しい目を引くものを見つけて、未月のことなどもう、どうでもよくなっているかもしれなかった。

しかしそうだとしても、今後も香奈目のことで相談があるかもしれないし、顔を合わせる機会はあるだろう。

一応、そのために返事だけはして、けじめをつけるべきだと思い、未月は自宅を出る。

返事はもちろん、すっぱりと断るつもりだ。

雅道をほうっておけない気がしていたのは、せめて人並みに生活できるよう躾けたかった、ただそれだけのことで、恋愛対象に発展するなどとんでもない。

だいたい、次々に手をつけて飽きたら捨てるなど、非道にもほどがあるではないか。

狼男のくせに色男気取りとは、勘違いも甚《はなは》だしい。

そんなことを考えながら、未月の足はチケットに記された会場へと向かう。

やがて会場に到着したのは、午後遅くだった。未月はしばらくその入り口の前で佇《たたず》み、呆然と立ち尽くしてしまう。

会場の荘厳な飾りつけと、威風堂々とした『笠嶋雅道展』という看板に、圧倒されてしまったからだ。

入り口で受付を済ませて入場すると、会場内は素晴らしい作品群と、思っていた以上のたくさんの人々で溢れかえっていた。

作品のテーマごとに会場は数ヵ所に区切られていて、壁だけでなく、太い柱にも作品とそのタイトル、制作年月日などが記されたプレートがつけられている。

作品の中には、雅道のアトリエで見たものもあった。

カンバスむき出しの状態ではなく、重厚な額縁に入れられ、計算された角度で照明を当てられていると、一層それらは輝きを放って見える。

そうして人の流れにのって作品を眺めるうちに、未月は衝撃を受けていた。

――自分は雅道のことを、なにもわかっていなかったのではないか。

いや、勝手にわかった気になっていたのではないのか。

動揺しているせいか、雅道の姿がどこかにあると思っているからなのか、ずっと胸の鼓動が早くてひどく暑い。

スーツの背中に、いく筋も汗がつたった。

ふう、と息をついて未月は額の汗を拭い、ネクタイを少し緩めて、なるべく人のいない場所にいって立ち止まる。

そこから改めて広い会場内を見回すうちに、どんどん未月の衝撃は大きくなっていった。

人々の中に、確かに顔を知っている人間が何人もいたからだ。

しかしそれは、友人知人ということではない。

政治家や芸術家、文芸関係の評論家など、未月でさえテレビで見たことのある著名人たちだった。

中には趣味で絵画を嗜《たしな》むことで有名な、大物俳優の姿まである。

と、会場の一角に、数人の外国人がカメラを回しているのが見えた。

なんだろうと思って近寄っていくと、ちらちらと薄茶色の頭が見え隠れする。

「……香奈目……」

そこにいたのは、きちんとスーツを着こなして、どこかの王子様のような姿の香奈目だった。

外国人は取材がなにからしく、香奈目の口元に小さなマイクを向けている。

記者たちの背後から、そっと様子をうかがった未月は、香奈目がフランス語で流暢に会話をしているのを聞き、驚いてしまった。

なにかジョークを交わしているらしく、どっと笑い声が起こるのだが、まったく未月には理解できない。

気づかれないうちにと、思わず未月はその場を立ち去ってしまった。

想像もしていなかった状況に、もう作品もろくに目に入らず、ふらふらと会場の奥へとすすむ。

いずれにしても、落ち着いて話せるような状態ではない。

閉館間際に出入り口で雅道を待つか、それとも改めて後日出直すべきか。

うろうろと広い会場をさまように、未月はなぜかどうしようもなく寂しくなってきてしまった。

この壮麗な空間で、どう考えても地味公務員の自分は場違いだ。

ここは自分が、知り合い面をしてくるような場所ではなかったのではないか。

重苦しい気持ちになりつつ、きらびやかな人々の間をすり抜け、いくら見慣れた狼男を探してみても、どこにもいない。

結局、雅道の姿を見つけられないまま、未月は会場を出てしまった。

――俺はいったい、なにをやっていたんだろう。

ひどく嫌な感じのする緊張感と、どんよりと沈んでいく気持ちを抑えられない。

地下鉄のホームから電車に乗り、帰宅するまでの道のりの間、未月の頭の中は自己嫌悪と恥ずかしさで、破裂しそうになっていた。

――なにが、常識を教えるだ！　なにが、普通の人間に更正させるだ！

彼らは、あれでいい。才能と美貌と環境に選ばれた、雲の上の存在ではないか。

もともと資産家なのは嫌というほどわかっていたが、雅道自身があれほどまでに実力を広く世間に認められ、賞賛されている人間なのだとは、未月は迂闊《うかつ》にもまったく知らなかった。

どうしようもなく自分が惨めで、ちっぽけなもののように感じられてたまらない。

香奈目にしてもそうだ。海外からの取材に流暢な外国語で答え、ちょっとした洒落を混ぜて対応するなど、未月には絶対できない。

二人とも出る場所に出れば、完璧に振る舞えるのだから、問題などまったくないではないか。

なにを偉そうに、凡人の典型のような自分が、講釈を垂れてきたのか。

なんだこいつはと、裸にむいてつついて遊ばれるのも無理はない。

才能に満ち溢れた芸術家の、日常の生活がだらしないからといって、それがなんだというのだろう。

肉じゃがや、鯖《さば》の味噌煮を食べさせて悦に入っていた自分は、本当の大バカだ。

おそらく香奈目も雅道も、未月の自己満足に仕方ないなと、つき合っていてくれていたのではないか。

「だけど……そんなことは、どうでもいい。……どうでもいいはずなのに」

自宅に帰宅し、ドアを閉めた瞬間、未月はその場にしゃがみ込む。

目の奥がじわりと熱くなり、ぐっときつく唇を噛み締めた。

単に生徒と保護者、そして教師の関係であるならば、自分が恥をかいたというだけのことだ。

しかしこの激しい虚しさは、そんなことでは説明がつかない。

破天荒な二人のペースに巻き込まれ、最初は理解はできない上に無茶苦茶なことをされ、憤慨してばかりだった。

けれどいつしか三人で囲む食卓が、とても心和むものに変わっていたし、あの場所が大切なものだと感じるようになっていた。

それに、お椀を差し出したときの雅道の嬉しそうな顔。満足そうにごちそうさまを言う声。食べたい、欲しい、必要なんだと率直に自分を求める雅道が、未月はとても嬉しかったのだ。

——でも、なんで。あんな男の反応が、どうしてそんなに嬉しかったんだろう。

心の中でつぶやいて、ぼんやりと顔を上げた未月の目に、赤い色が飛び込んでくる。

雅道の描いた、夕日の絵だ。どきり、と大きく心臓が跳ね、未月の視線は釘付けになってしまう。

そしてようやく、このもやもやとして重苦しい、どうしようもなくやるせない気持ちの正体に、未月は気がついた。

——俺は……まさか、好きなのか。あのわけのわからない、非常識で変人の狼男が。

まさかまさかと動揺するうちに、ますます鼓動は激しくなって、未月はぎゅうと右手で胸を押さえる。

そしてようやく、認めたくない気持ちを自覚せざるを得なかった。

自分は、あの男が好きになってしまっている。

成就するなどありえない立場の関係だというのに、なんということなのだろうか。自分はいったい、なにを考えているのか。

未月は愕然として立ち上がり、靴を脱いで、雅道の絵の前にふらふらと近寄った。

ベッドの上に膝をつき、しばらくそうして呆然と、小型のカンバスを眺め続ける。

絵の中に広がる世界のように、虚飾も世間体も、保護者だとか立場だとか、そんなものがないところで、雅道と会えたらよかった。

そうしたらきっと、違う答えが出せたかもしれない。

——この絵の中に、入れたらいいのに。シンプルで、率直で、素朴で。

ありえないとわかりつつ、触れたら中に入れないだろうかと祈りながら、未月はそっと指先を、壁の絵に向かって伸ばした。

指先がかすかに、ごわごわした油絵の表面に触れた、刹那《せつな》。

ピーピーという電子音に、未月はハッと手を引っ込める。

急いで上着のポケットから携帯電話を取り出すと、雅道からのメールが着信していた。

なぜこない、という短いメッセージに、未月はどう答えるか迷う。

体調が悪かったなどと言うと、心配させてしまうかもしれない。

急用が入ったと言い訳をするべきだろうか。校長に呼ばれて、学校にいるとでも言えば誤魔化せる。

それとも正直に気持ちを話し、もう会えないと言ったほうがいいだろうか。

決めかねていると、今度は家電のベルが鳴る。日曜の夜に誰だろう、と受話器をとると、怒った声が聞こえてきた。

『やっぱり家にいやがった。返事は今日って言っただろ。今からこい』

「あ……いや、その、急用ができて」

まさか、家の電話に雅道がかけてくるとは予想しておらず、不意打ちをくらって未月はしどろもどろになる。

ちらりと時計を見ると、すでに閉館時間のはずだった。

「もう終っている時間じゃないのか」

『関係者は入れるから問題ねぇよ。見せたいもんがある』

「だ、だけど、……俺は」

『こないなら、迎えにいく』

有無を言わせない力強い声に、未月は慌てる。

「いや、実はその、これから来客があって」

でまかせを言ったその瞬間、ピンポーン、とインターホンが鳴った。おそらく勧誘かセールスマンだろうが、いいタイミングだ。

「な? 聞こえただろう。ちょうど今、そのお客さんがきたところだ」

『へえ。どんなお客だ』

雅道がそう言ったところでガチャリ、と鍵をかけていなかった玄関ドアが開き、知らない男が姿を見せて、未月はぎょっとする。

「なっ……なんですか、勝手に！　あの、どういったご用件ですか」

「ご用件だぁ？　言っただろ、お前を迎えにきたんだよ」

「……は？」

咄嗟にわけがわからなかった未月は、事態を把握すると同時に、食い入るように男を見つめた。

声は直接聞こえるだけでなく、手にしている子機からも聞こえていたからだ。

――声の主がこの男だとすれば、それはつまり。

きっちりと、今流行りの髪形にスタイリングされた髪。

長身の体躯に高級スーツを纏い、貴公子というタイトルの絵から抜け出たような容姿。

「ほら、さっさと靴を履け。履かねぇならひっ抱えて連れてくぞ」

携帯電話を仕舞って言うその男は、無精ひげを綺麗にそり、完璧にドレスアップをした雅道だったのだ。

ぼさぼさ頭の狼男の面影などまるでなく、別人のように洗練され、知的で上品な紳士に

しか見えない。

とてもすぐには信じられず、唖然としている未月の手をつかむと、雅道は強引に外へと連れ出したのだった。


「こっちだ、未月。こいよ」

すでに受付には人がいなかったが、雅道は警備員に軽く会釈をして、脇の関係者通路から中へと未月を招き入れた。

ちらほらと、スタッフらしき人とすれ違って雅道に会釈をしてくる。

先に立って歩いていくすらりとした後姿に、未月は見とれてしまいそうになっていた。

細い通路を通って横のドアから会場へ入ると、照明はいくぶん落とされていたが、暗いというほどのことはない。

雅道は未月を待って、横に並んでゆっくりと歩き出す。

「まったく、いくら待ってもこねぇんだからな。教師なら約束は守れよ」

「……どうってことないだろ、俺との約束なんて、そんな小さいこと」

雅道のいつもとまるで違う姿が、さらに遠い存在のように感じられて、未月は拗ねたように口の中でつぶやいた。

「ああ？　どういう意味だ。なんだよ未月、なんだってそんな憂鬱な顔をしてる」

広いスペースの中央に立ち止まった雅道は、不思議そうに顔をのぞき込んでくる。

わあっ、と未月は叫びそうになるのを、必死に堪えた。

会場へ向かう車中でも、見慣れない雅道の華やかに正装した姿に、未月は動揺しっぱなしだったのだ。

雅道が好きなのだとはっきり意識したせいか、以前ならば平気だったことにも、どうしようもなくドキドキしてしまう。

しかも今の雅道は、身なりだけでなく雰囲気まで貴公子然としていて、同性でありながら、うっとり見惚れてしまいそうだった。

正直、傍にいて顔を見ているだけで、足元が地に着いていないかのようだ。

「……顔が赤ぇぞ。本当にどうしたんだ、熱でもあるのか？　だとしたら無理に誘って悪いことをしたが」

「ち、違う。そうじゃない。俺が……俺が、バカだから」

「ああ？」

未月は雅道の強い視線から逃れようと、俯いて足元に視線を落とす。

けれど、その頬が大きな両手に挟まれて、ぐいと持ち上げられた。

「なにがバカだって？　お前、本当に変だぞ、未月」

「はっ、離せ、ちょっと、この手！」

くちづけでもされそうな至近距離で見つめられて、未月はうろたえまくっていた。

心臓は狂ったように踊り出しているし、顔はどんどん熱くなっていく。

このままではどうやっても、感情を隠せなくなってしまいそうだ。

「離さねぇ。未月がちゃんと答えるまで。……どうした。なんでこんなに目ぇ潤ませて、捨てられた子猫みたいな顔してんのか、きっちり教えろ。教えるまで、朝までだってこのままだからな」

「な……そんな……」

雅道は言い出したら、本気でやりかねない。雅道の目を見返しながら、どうするべきかと未月は焦った。

「どうしてこなかった。香奈目になんか言われたか。だったら俺が、ぶん殴ってやる」

顔を手のひらで挟まれたまま、未月はふるふると首を振る。

「違う、香奈目は関係ない」

「じゃあなんだ、原因は。……俺か？」

図星をつかれて視線を泳がせるが、雅道はそれを許さない。

「ちゃんと俺の目を見て答えろ、未月！」

「だ……だけど」

お互いの立場を考えなくては、という理性が、突き上げてくる感情で崩れてしまいそうだ。

「あんたは、こんなすごいことをしてるじゃないか。充分に社会に認められて成功してる。それなのに、俺はバカみたいにお節介焼いて、口出しして……俺なんかあんたにも香奈目にも、全然必要ないじゃないか」

「ああ？　やっぱり時々、未月の言うことはわけわかんねぇ。ちょっとこい。見せたいものがあるって言っただろ」

雅道は顔に触れていた手を離すと、今度は未月の腕をとってさらに奥のスペースへと歩き出す。

そこは一番広いメインの展示スペースだが、先刻そこはろくに見もせずに、通り過ぎてしまっていた。

ひときわ目立つように展示されていたのは、比較的小型の作品で、岩だらけの平野にレモン型の白い月が浮かんでいる絵だ。

うながされて未月は、ゆっくりとその作品の前に近寄っていく。

カンバスの中にあったのは、どこまでもどこまでも広い、見渡す限り岩と奇妙な植物の生えた世界だ。

草や木にはそよぐ気配すらなく、重々しい自然の厳しさと乾いた空気を伝える画面。けれどその中央をよく見ると、月や樹木に比べると圧倒的な小ささで、三匹の動物が描かれていた。

「……あ……」

未月は思わずぎりぎりまで絵に顔を寄せ、その部分を凝視する。

一番右に、威嚇するようにこちらを見ている黒い狼。真ん中に、狼の毛づくろいをしている短毛の白猫。その尻尾にじゃれついている、金色の毛をした子狐。

そのすぐ後ろに大部分が骨だけになっている、とても大きな魚が転がっていた。

一目見て未月は、三匹の動物が雅道と香奈目、そして自分なのだと察する。

確認を取るように雅道を振り向くと、少しだけ照れたような顔をしていた。

「未月が言うことは、俺にはわかんねぇことが多いけど。お前がしょっちゅう言ってた、普通、ってのはこういうことだと思って描いてみたんだ。……違うか」

「え……」

逆に確認をとるような質問をされて、未月はもう一度その絵を見る。

しばらく見つめているうちに、未月は本当にそうだと悟っていた。

普通であるべき。普通にしろ。常々そう訴えてきたが、なにをもって自分は普通という言葉を使っていたのか。

未月の望んだ、香奈目や雅道にもそうあって欲しいと願った普通が、この絵の中にはある。

見た目や世代や考え方、生き方が違っても、広大な世界の中で縁が合ってそっと寄り添い、理解し、支えあい、仲良く過ごす生活。

形式でも世間体でもなく、楽しく食卓を囲んで美味しくご飯を食べ、笑い合う、愛情に満ちた家族の姿。

それが未月が欲しがっていた、どこにでもあるようでいて、実はとても難しい『普通』だった。

見つめているうちに、未月の目からは無意識に涙が零れる。

自分でもよくわかっていなかった心の底の淀《よど》みが、どうして雅道にはわかっていたのだろう。

「……っ」

そちらに顔を向けると、雅道は未月の涙に驚いたようだった。

「見当違いだったか？」

眉を顰める雅道に、未月は違うんだと首を振る。

「逆だ。あんたは、すごい。……俺はあんたを更正するなんて言ったけど、今は違う。わかってないのは、俺だった」

「なに言ってんだ、俺はな。時間ぎりぎりで、あんまり寝れねぇから酒も我慢して、未月に褒めて欲しくてこれを描いたんだぞ。お前が認めてくれりゃ、それでいいんだ」

ぐいと腕を引っ張られ、未月は雅道の胸の中に引き寄せられる。

あやすように髪を撫でられて、未月はその心地よさにうっとりしてしまう。

ひどく遠くに感じられていた雅道のぬくもりに包まれていると、張り詰めていた気持ちが溶けていくようだった。

本当に大切なことは、常識や普通という言葉に囚われることではない。

そんな体裁にこだわっても、ちっとも幸せにはなれないことを、未月は幼い頃から、身をもって知っているはずだった。

どこかで間違えていた心のありようを、雅道が正してくれたように感じられる。

中身が空っぽなのに世間体を取り繕い、幸せなふりをして生きることに、いったいなんの意味があるのだろう。

いずれどんな人生だって終わるというのに、ここで手を伸ばす勇気が出せなかったら、きっと自分は一生後悔する。

未月は心を決めて、わななく唇を開いた。

「俺はこのところ……いろいろ考えたんだ。香奈目のこと。立場のこと。社会的にどうあるべきなのか、あんたに……なんて返事をするべきなのか」

「……それで？」

雅道の腕は、どんな答えだろうが離すものかというように、きつく未月の身体を抱き締めてくる。

未月はやるせない思いに、眉を寄せた。

「俺は、これといって取り柄のない平凡な男だ。今はよくても、飽きたらあんたはすぐに捨てるのかもしれない」

「ああ？　そんなわけねぇだろ」

驚いたような声が、密着した身体に響く。

「言葉でならなんとでも言えるだろう。あんたは、きっとモテる。俺が持っていないものをみんな持っていて、黙っていても相手が寄ってくるんだから無理はない」

「……おい、なにを言って」

訝《いぶか》しげに問いかけた雅道の身体を、未月は思い切り抱き締め返した。

「でもどう理屈をつけたところで、本音は一つだ。あんたが好きだ。……好きなものは、好きなんだ！」

ぎゅう、とくっついた胸と胸から、お互いの鼓動が聞こえてくる。

それらは反響し合うかのように、どちらも大きく強く命を刻んでいた。

抱き締めた身体が離れようとするかのように身じろぎ、未月はそれが嫌で、両手にさらに力を入れる。

「いい加減、あんたじゃなく、雅道って呼べ。……未月……」

声に誘われるように未月は顔を上げ、雅道が唇を寄せてくる。

嬉しさにうっとりとして、薄く唇を開いて受け入れようとした未月だったのだが。

雅道の背後、天井近くのものが目に入って、ハッと目を見開く。

「まっ、雅道、待て！」

ぐい、と顔を押しのけると、不満そうに雅道が文句を言う。

「なんだよ、照れるなって。ここで寸止めは残酷だろ」

「違う、だって、あそこ！」

未月の視線の先を追うように雅道は首を巡らせ、首をかしげる。

「あれがどうした」

「どうしたって、防犯カメラじゃないか！　監視してる警備員がいる」

「なんか問題あるか。別に気にすることじゃねぇだろ」

「するだろう、普通は！」

いくらなんでも、この部分の常識は譲れなかった。もうすでに、告白の一部始終は見られてしまっているに違いない。

恥ずかしさにわたわたしている未月に、雅道は苦笑する。

「仕方ねぇな、じゃあここで最後までするのは我慢してやる」

「はあ？　最後までって、ま……」

ぐっと強引に後頭部を押さえつけられて、唇が重ねられる。

こんな他人の目がある場所でなど、絶対駄目だと思うのに、未月はその舌を受けて入れてしまっていた。

優しく舌を絡められ、どうしようもなく心地よくて、頭の芯がとろけてしまいそうだ。

……きっと、この位置からなら頭が重なって、なにをしているかまでは映像では、わからないかもしれない。

そう思うことに決めて、未月は幸福なくちづけに身を委ねる。

「っは……」

やがて雅道が拘束を緩めた時には、すっかり腰が砕けた状態になってしまっていた。

雅道の肩にすがると、耳元で囁かれる。

「このままじゃ、帰れねぇだろ」

敏感な耳を刺激されて、ぞくっと背中に震えが走った。

ただでさえ今の状態では、歩くのも辛いというのに、さらに雅道は追い討ちをかけてくる。

「未月。今すぐ、食いたい」

「あ、ん……っ」

唇で耳たぶを挟むように言われて、未月の身体は完全に熱を持ってしまっていた。

「だ、だけど……ここじゃ、嫌だ。無理だ、そんなの」

昂ぶる身体とうらはらに、誰かがカメラ越しに見ているのだと想像すると、恥ずかしさに涙が出そうになってくる。

と、雅道は苦笑して、未月を誘導するように肩を支えて歩き出した。

「まあ、まだ羞恥プレイは早いか。未月は経験少なそうだし」

「なっ……変なこと言ってないで、トイレに連れていってくれ」

よろよろと半べそで歩きつつ未月が頼むと、雅道はにやりと笑う。

「トイレ？　そんなとこで一人で抜くなんてもったいねぇこと、俺がさせると思ってるのか」

「――え？」

会場から出た雅道は、通路の途中にあるドアを開く。

そこは控え室らしく、雅道に贈られた花々で溢れていた。

中央の大きなソファにうながされて座ると、どさっと身体を横倒しにされる。

「ここならいいか？」

本来の未月であれば、これでも充分に抵抗する状況だった。

公共の施設の一室で、初めてきた場所で、とても安心などできない。

けれどもうそうした理性よりも、雅道を求める心のほうが、何倍にも膨れ上がっていた。

「……いい」

おずおずとうなずくと、雅道はもう一度、唇を重ねてくる。

とても深いくちづけだが、未月をいたわっているかのように、動きは優しい。未月は恍惚として雅道を受け入れながら、自分も懸命にそれに応えた。

器用な指が未月のネクタイを解き、シャツのボタンをはずしていく。

「あっ……待っ……」

頭の隅に、ちらっと一瞬、お互いのスーツが皺になる、と考えた未月だったが、離された唇が首筋に這わされると、もうなにも考えられなくなってしまった。

「ん、ん……っあ！」

首筋を伝って耳に移動した唇が、濡れた音を立てる。

ぞくぞくとひっきりなしに背中を走る感覚に、未月はきつく目を閉じて喘いだ。

「気持ちいいか、未月」

「あっ、あ、あ」

弱いところを刺激しつつ、雅道は足の間に足を入れ、片方の手でベルトをはずす。

未月はされるがままに、雅道が与える刺激に酔った。

「んぅ、あっ……はあっ」

もう片方の手が胸をまさぐり、突起を親指でこねるようにしてくる。

「雅道……っ」

身体中を走る刺激が苦しくて、未月は切ない声で名前を呼んだ。

「どうした。もう、我慢できないか」

雅道は顔を上げ、片方の手で上半身を愛撫するのは止めないままに、もう片方の手で靴を脱がせ、未月の下半身を素肌に剥《む》いていく。

「確かにこれじゃあ、辛いよな」

「や……あ、見る、な……っ」

未月は弱々しく身を捩って、張り詰めてしまっている自身を、雅道の視線から隠そうとするものの、それは無駄な努力でしかなかった。

「あ、やめっ」

雅道の強い力で未月の身体は、左足だけ床に下ろされ、右足を大きく背もたれのほうに掲げられるという、恥ずかしい体勢を取らされてしまう。

「もうびっしょりだ。下着、汚したんじゃねぇか」

そんなことを言われ、明かりの下に自分のものが淫らにそそり勃っているのが見えて、ただでさえのぼせたようになっている頭が、ますます熱くぼうっとしてくる。

「っひ！」

つ、と先端をなぞられて、大きく未月の腰が跳ねた。

あとほんの少しの刺激で達してしまいそうなそれを、雅道は焦れったいほどゆるゆると指先で愛撫する。

「こんなに濡らしていやらしいな、未月は」

「ぁ、あっ！　……ん、んぅ……」

優しく擦られるたびに、先端からは新たな雫が零れた。

指先だけでなく、手のひらでしっかりと握られる頃には、全体がぬるぬるになってしまっている。

「はあ、……は、っ、……あ」

息が熱くて、苦しい。いきそうでいけないもどかしさに、未月は腰をくねらせる。そのたびに雅道に、いやらしいなと言われるものの、どうやっても身体を制御できなかった。

その意地悪な指先が、根元からさらにその奥に潜り込む。

「――っ、あ」

後ろの窄まった部分をぬるついた指に触れられて、未月はきつく眉を寄せる。

さらにその指先がゆっくりと挿入されて、息が詰まった。

「く、……ん、んぅっ」

「すげぇ、ひくひくしてる。未月が感じまくってて、嬉しい」

言うと同時に雅道は、ぐっ、と奥まで中指を入れてきた。

「あぁ、う……っ！」

いやいやをするように、激しく首を振った未月の髪が、ソファの上で乱れる。

「つあ、っは、はぁっ」

すぐにその指は、ゆっくりと内部を掻き混ぜ始めて、引き攣ったような、浅く短い呼吸音が室内に響く。

雅道に足を抱えられ、体内を指で執拗に弄られて、いまにも達しそうな未月のものは、濡れて震えている。

「ま……雅道、もう……っ」

呂律《ろれつ》の回らない舌で懇願すると、ぬる、と身体から指が引き抜かれ、未月は唇を噛んでその感覚に耐える。

雅道は、素早く自身のベルトをはずしにかかった。

ポケットから四角い色鮮やかなものを取り出すと、自らのものをくつろげる。

未月は肩で息をしながら、雅道の白い歯が、ぴりりと端を咥《くわ》えて破り、ピンク色のゴムを取り出して自身に装着するのを、ぼんやり見ていた。

あんな大きさのものを体内に挿入すると考えると、身体がわずかに緊張してくる。

「……おい、未月」

「な……、な、なに」

「天井の照明がいくつあるか、数えてろ」

どういうことだかわからないが、未月の意識が天井へ向けられた、その時。

「――っ、あ、っあああ！」

指やこの前挿入された尻尾つきの玩具などと、比較にならない大きさのものが、未月の中に入ってくる。

「っひ、あ、うあっ、あ！」

狭い体内を貫こうとするものから、無意識に逃れようと未月の身体がずり上がる。が、しっかりと腰を抱えられて、びくともしない。

「いいぜ、未月……熱くて、絡みついてくる」

「あ、あ、そんな、無理……っ、うああ！」

雅道はゆっくりと、けれど確実に未月の中に自身を埋め込んでいく。

雅道を受け入れたい反面、初めての行為に怯える未月は、思わず拒絶の言葉を口にしてしまう。

「や、やめてくれ、やめ……っ、い、痛い」

「すぐに、痛いだけじゃなくなる。……それに未月の、全然萎えてねぇし」

「は、ぁう……！」

つ、と指先で自身をなぞられて、未月は思わず甘い呻《うめ》きを漏らしてしまった。

そうする間にも雅道は、容赦なく腰を進めていく。

「は、あ、あ、はっ」

未月はガタガタ震えながら、必死に息を吸った。そして。

「ひぃっ！　あ、ああっ！」

根元まで埋め込んでから、雅道はゆっくりと腰を蠢かせる。

内部を弧を描くようにさすられ、耐えられない、と未月が喘ぐとぎりぎりまで引き抜かれ、またじわじわと挿入されていく。

何度目かに奥まで深く貫かれたとき、未月は自身が弾けるのがわかった。が、それでも雅道は動きを止めない。

「やっ、待っ……あああ！」

白い滴りが下腹部に零れる間も、内壁を擦られて、未月はわけがわからなくなった。

「や、いや、やあっ」

このままではおかしくなってしまう。そんな恐怖と、つきることのない快感に身体が震え、唇がわななないた。

「いいんだろ、未月。誰にこうされてもいいいんじゃねぇよな。俺だからいいんだ。そうだろ」

なにを言われているのかよく理解できないままに、未月はこくこくと何度もうなずいた。

「い、いい……からっ、だから、もう……っあっ、ああ、雅道……」

達したばかりの部分を、付け根から先端へ擦りあげられて、未月は泣き声を上げた。

それはすぐに硬度を取り戻し、雅道の手の中でますます熱を持っていく。

身体が揺さぶられるたびに、ちゅっ、くちゅ、と卑猥《ひわい》な音が聞こえてきた。

段々と恐怖は消え、与えられ続ける快楽に、未月は恍惚となっていく。雅道が体内にいると思うと、それだけで甘い痺れが全身を駆け抜けた。

――好きだ。このわけのわからない男が、世界中で誰よりも、一番好きだ。

朦朧としつつ、未月は雅道の背に手を回した。

ぼやけた視界の中、雅道が自分を見る目は、とても優しい。

「未月、可愛い。絶対、誰にもやらねぇ」

「――――っ！」

段々と雅道の動きが早くなり、最奥まで突き入れられたものが、一瞬、大きさを増して震えた。

濃密な時間の後、花束の甘い匂いで満たされた控え室には、二人の忙《せわ》しない呼吸の音ばかりが響く。

力が入らず今にも滑り落ちそうな手で、未月はまだしっかりと、雅道を抱き締めたままだ。

雅道は未月の肩口に額を押し付けていたが、呼吸が収まってくると顔を上げ、未月を見てふっと笑う。

未月は放心状態ではあったものの、汗に濡れた顔で、かすかに微笑み返した。

どちらからともなく唇が重ねられ、そっと舌を絡め合う。

けれどそれはすぐに離れ、深くはならない。何度も何度も、軽いキスを交わしながら、未月の胸は、たとえようのない幸福感でいっぱいになっていた。


ぐったりした身体を抱えられるようにして、雅道の車に乗せられた未月は、そのまま笠嶋邸へと向かった。

まずは二人してシャワーを浴びたのだが、そこでまた色っぽい雰囲気になってしまい、雅道は貪欲に未月を求めてくる。

そのため疲労困憊《こんぱい》してしまい、未月は誘われるがままにアトリエの隣にある、初めて招き入れられた雅道の私室のベッドに入った。

どちらも素肌で、ぴったりと身体を触れ合わせていると、なんとも言えない優しいぬくもりを感じ、未月の瞼はとろんとしていく。

雅道の指が愛しくてならないというかのように、いくどもさらさらと未月の髪を撫でてくれていた。

なにか大切なことがあったはずだ、と未月はぼんやり考える。

このまま眠ったら駄目なような。なにか忘れていることがあるような。

しかし愛する人とようやく気持ちが通じ合い、その腕に抱かれて眠る心地よさに、未月は抗うことができない。

満ち足りた気持ちで、うっとりと雅道の胸に抱かれながら、未月は健やかな眠りに落ちていったのだった。

翌朝。二人の幸福な眠りは、けたたましい音と共に妨げられる。

「ああ、やっぱり！　最低最悪の事態になっている！」

……え？　と眉をしかめて薄目を開けた未月の目に、最初に見えたのは雅道の横顔だった。

しかしそこから声のするほうへと視線を動かし、一気に目が覚める。

「香奈目っ？」

がばっと身体を起こすと、まだ熟睡していた雅道が、うるさそうにううんとうなった。

「悪夢だ……なんという惨状を見るはめになってしまったんだ、俺は……」

真っ赤《まっか》になって歪んだ表情の香奈目の視線に、未月はハッとした。

「こっ、これはっ……違うんだ、つまり」

身体を起こした未月の上半身はもちろん裸で、あちこちに雅道のつけたキスマークがついている。

香奈目はわなわなと震えながら、つかつかと歩み寄ってきた。

未月はパニックに陥りつつ、必死に綿のブランケットを引っ張って身体を隠す。

が、そのせいで同じく素肌の雅道の身体が露出した。

「んだよ、未月。寒い……」

る。

「甘えた声を出すな、貴様！」

香奈目は右手を振り上げると、べしっ！　と雅道のむき出しの腹に平手打ちをくらわせ
「っ！　いってぇっ！」

「こうでもしないと、寝汚い貴様は起きないだろう。とっとと服を着ろ、朝っぱらから破廉恥な」

「なんだと。てめぇ、どうやって入ってきた。鍵、壊しやがったんだろう」

「こそこそと、愚劣な真似をするからだ！」

言ってから、複雑な表情で香奈目は未月に視線を向けた。

「別に、先生をそんなふうには思っていません。ただ、こいつが」

「いや……香奈目、俺は弁解のしようがない。こんなことになって、どう詫《わ》びていいのか」

恥ずかしさのあまり、毛布を鼻先まで引き寄せて未月が言うと、香奈目は小さく溜め息をついた。

「いいえ。予測はついていたんですが、いざ目の前にすると衝撃が大きくて、つい取り乱してしまいました」

考えてみれば、以前二人して人をいいように弄《もてあそ》んだのだから、こちらがそこまで気を遣う必要はない気もする。

だが未成年に対しての配慮は必要だ。叔父と担任教師のこんな有様を見せられたら、気分がいいわけがないだろう。

「すまない、香奈目。いいんだ、取り乱しても。怒って、罵《ののし》ってくれていいんだぞ。俺にはもう、お前の担任教師ぶる資格はない」

けれど香奈目は、すでに気が静まったようだった。

「いいえ。……確かに大変不本意ですが、俺の忠告を受けてまで先生が覚悟を決められたのでしたら、残念ながら俺が口を挟む余地はないでしょうから」

「忠告だ？　てめぇ、なんか未月に吹き込みやがったんじゃねえだろうな」

寝起きの、不機嫌極まりない声で雅道が言うのを、冷たい目をして香奈目は見下ろしている。

「事実を言ったまでだ。これまで何人も気が向けば手を出してきたと」

「三日と続いたやつはいなかったって、お前も知ってるじゃねぇか」

その会話を聞きながら、胸に刺さっていた小さな棘が、ポロッと取れたような安堵を未月は感じていた。

「まったく、ませガキが余計なことを」

のっそりと上体を起こした雅道を、香奈目はふんと鼻で笑った。

「とにかくこの先生は、貴様には過ぎた相手ということは覚えておけ。泣かせたら、俺が黙っていない」

「黙ってねぇってどうすんだ、歌でも歌うか。悪いが音痴の出番はねぇよ。未月は俺が幸せにするからな」

「ま、待ってくれ。なんだかよくわからないが、悪いのは生徒の保護者とこうなるべきではなかった俺なんだから、二人が揉めるのは筋違いだぞ」

今一つ事態が飲み込めず、どう仲裁していいのか困惑している未月を、香奈目はなんとも言えない哀愁を浮かべた目で見た。

それから肩をすくめ、もう一度溜め息をついて背を向ける。

「もう、いいです。……それより、朝ご飯を作っていただけますか」

「え……？」

「久しぶりに、先生が作ったご飯を食べたいんです」

可愛らしいことを言われて、ぱあっと未月の心は、一気に明るさを取り戻す。

「わ、わかった。すぐに用意するから、待ってろ」

喜んで答えたものの、香奈目が部屋を出ていってから、改めて未月は慌てていた。

「どっ、どうするんだ、雅道。よりによってこんな姿を見られた……ベッドで、全裸で、くっついて寝てるところを！」

「説明の手間が省けてよかったじゃねぇか」

雅道はがりがりと、寝癖のついた頭をかく。

「あー、クソ、せっかくの未月との初エッチの朝を邪魔しやがって。キスで目を覚ましたかったってのに」

その姿には、昨日の貴公子の面影はない。欠伸をしている雅道を尻目に、未月は大急ぎで服を身につけた。

いくら香奈目でも、叔父と担任教師が男同士で関係を持っているとなったら、やりきれない気持ちになっても当然だ。

気が変わらないうちに食事を作り、和解しなくては、と焦る未月に、ようやくジーンズに足を突っ込んだ雅道が言う。

「そういえば、未月。お前、まだわかってなかったんだったな」

「なにをだ？　雅道も早くしろ、俺は先に顔を洗う」

「ちょっと待て」

駆け出そうとする未月の手を、ベッドに座ったままの雅道がつかんで引き止める。

なんだよ、と振り向くと、雅道はなんともいえない表情を浮かべていた。

「あのな。あれも一応、男だ」

「……え？」

未月は雅道に向き直る。

「お前、鈍いもんな。香奈目も未月に気があったんだよ」

ええっ、ともう一度未月は声を上げ、それから絶句してしまった。

香奈目までもが恋愛対象として、自分に心を寄せていたというのだろうか。

ぽかんとして固まっていると、服を着終えた雅道が立ち上がり、ポンと肩を叩く。

「まあ、俺が本気になったのがわかって、独占欲が出ただけかもしれねぇけどな。とにかくもう吹っ切れたからこそ、こうやって声をかけてきたんだろ。気にすんな」

「……あ……しかし……」

そんなに簡単に割り切っていいものかと、未月は眉間に皺を寄せて洗顔を終え、台所へ向かう。

もし香奈目が本当に気持ちを寄せてくれたのなら、嬉しいとは思うが、応えられるはずもない。

どんな態度をとるべきかと迷いつつ、朝食を作り終えてリビングへ向かうと、雅道と香奈目はいつものように、それぞれの定位置に座っていた。

久しぶりに目にする光景に、なぜか未月はホッとする。

皿を並べている間、香奈目は少し気まずそうな顔をしていたが、きちんと三人そろっていただきますをすると、なにごともなかったように美味しそうに食べ始めてくれた。

「……なあ、その、香奈目」

しばらくしておずおずと未月が切り出すと、香奈目は軽く肩をすくめる。

「おっしゃりたいことはよくわかっていますが、もういいんです。先生が気にされることはなにもないですから」

「だけど、そうはいかない。俺がお前の担任であることは変えようがないし、それが不満だったら……」

「そんなことは考えていませんよ。正直、こんな男が相手というのは納得いきませんが」

香奈目は箸で、雅道を指し示す。

「俺の知らない相手だったら、先生が家にきて、こうして食事をすることもなくなってしまいますからね」

「……すまない。喜んでくれるなら、いくらでも飯の支度ぐらいするから」

末月が言うと、香奈目は妙に大人びた微笑を浮かべて、深くうなずく。

きっと香奈目も、少しはこの三人の食卓を大切だと思っていてくれるのだろうか。

それだったら、なんだって自分はしてやりたいと末月は思う。

「それなら今度は、香奈目が食べたいものを作ろう。なんでもいいから、リクエストしてくれ」

「じゃあ、大根の味噌汁」

即座に答えたのは雅道で、香奈目はキッとそちらを睨む。

「貴様の耳はどうかしているのか。先生は俺に、リクエストしてくれと言ったんだぞ」

「いいだろ、美味いんだから」

「確かにそれも美味しかったが、俺としてはクリームシチューがいい」

「じゃあクリームシチューだ」

末月が言うと、雅道がふくれっ面になる。

「香奈目ばっかりずるいじゃねぇか」

「お前は、なにを子供みたいなことを言ってるんだ」

末月が呆れると、そうだそうだと香奈目が賛同した。

「よかった。先生が、前と同じ優しい先生でいてくれて」

殊勝な言葉に、未月は恐縮してしまう。

「なにを言ってる。謝りたいと思いこそすれ、香奈目に対する態度が変わるわけがないじゃないか」

香奈目は睫の長い瞳を、ほんの少し伏せて甘えるような目つきをする。

「この男と先生がどんな関係であっても、俺は先生を怒ったりしません。ただ……こんな男でも唯一の身近な肉親ですし、先生とくっついて俺だけ仲間はずれになってしまうと、少し寂しいな、って思っていて」

悲しげな目に、未月の胸はきゅっと痛んだ。

「仲間はずれなんて、あるわけないだろ。これからも飯を作るし、服を着たままでよければ、練習用のモデルぐらいはさせてもらう」

「先生……」

すがるような目をされて、テーブルの上に伸ばされた手を思わず握ると、香奈目はその手を握り返してくる。

が、その手は雅道に、バシッとはたかれて引き離された。

「未月、騙されるなって。こいつはハムスターの皮をかぶったワニだ。まだ未月をあきらめてねぇ。目を見ればわかる」

「貴様は黙っていろ、だいたいなんだその例えは。もっと俺に相応しい表現をしろ。せめて妖精の皮をかぶったＦＢＩとか」

なんだお前は、貴様こそ、と言い合いを始めた二人に苦笑しつつ、未月は食べ終えた皿をお盆にまとめて立ち上がる。

「お茶飲むか、二人とも」

聞くと二人は、こちらを見上げてこくりとうなずいてから、再びとりとめもなく角をつき合わせ始めた。

実は案外、二人はあれで楽しんでいるのではないか、と思ってしまう。

台所でお茶を淹れるため湯を沸かしながら、これでよかったのだ、と改めて未月は実感していた。

万が一立場的に問題が起きたり、未月の両親に知られてどう反対されたとしても、いずれにしても自分は立場や世間体より、雅道を選ぶ。

一番大切なものがなんなのかをはっきり自覚し、そう決心した今となっては、もう怖いものはなにもなかった。

一見綺麗だが無機質で、がらんとしてなにもなく、埃をかぶっていたシステムキッチン。今やそこには中華鍋やフライパンが並び、フライ返しやお玉などが、にぎやかに出番を待ってぶら下がっている。

その一角に並べてある、三つお揃いの湯呑《ゆの》み茶碗を手にとって、未月は満足の笑みを浮かべたのだった。

狼男が欲しがるごちそう

雅道《まさみち》の個展最終日。

関係者による打ち上げパーティに、未月《みつき》は招かれていた。

自宅のワンルームマンションの前に着けられた車は、雅道のものではない。

運転席には知らない男性が座っていて、後部座席の雅道が窓から顔を出して言う。

「乗れよ、未月」

「う、うん。香奈目《かなめ》は?」

「俺と一緒のわけねぇだろ。あいつは先に別の車で会場へ移動してる」

運転手が、気がかりそうにこちらを振り向く。

「もう到着されているでしょうね。主賓《しゅひん》が遅れてはまずいですから急ぎましょう。こちらは私だけで大丈夫ですと申し上げたのに」

「俺が未月を迎えにきたかったんだから、仕方ねぇだろ」

どうやらこの車は、主催側の送迎車なのに違いない。

すごいんだなあ、と思いつつ雅道の隣に乗ると、嬉《うれ》しそうに雅道はしげしげと未月を眺める。

「いつもより、髪型少し変えてるか」

「え? ああ、昨日散髪にいったから。パーティなんて慣れていないし、ちゃんとしておこうかなと」

スーツは冠婚葬祭用の一張羅を着て、靴《くつ》も磨いた。それでもこうして、髪も服も完璧に身なりを整えた雅道の横に並ぶと、ものすごく自分が見劣りしているように感じる。

だがそれ以上に、なんて格好いい男なんだろう、という思いが心の中に甘く満ちていく。

まるで狼男だ、という第一印象が嘘《うそ》のように、今の雅道は貴族的な紳士に見えた。

すっと通った鼻筋、引き締まった綺麗《きれい》な形の口元。ややきつい瞳《ひとみ》は、優しい笑みを浮かべてこちらへ向けられている。

こうして隣にいるだけで、未月はわけもなくドキドキしてきてしまった。

「どうした。おとなしいな、未月」

膝《ひざ》の上に置いた手に、そっと雅道が手を重ねてくる。

「……芸術関係の打ち上げパーティなんて初めてだから、なんだか緊張しているんだ」

「なにも緊張する必要なんてねぇよ。ただ、俺の傍《そば》にいてくれればいい」

ちら、と運転手がミラーを見た気がしたのは、気のせいだろうか。

未月は頬《ほお》が熱くなるのを感じはしたが、恥ずかしいことを言うな、と非難したりはしなかった。素直にこっくりとうなずいて、約束する。

「わかった。そうする」

なんだか視界が、ピンク色がかって見えるのは気のせいだろうか。夢でも見ているような気分だった。

サロンでセットしたという雅道の髪からは、爽《さわ》やかな整髪料の香りがする。触れた手から感じる暖かさは心地よく、窓の外はなぜかいつもの夜より何倍も、街の明かりがきらきらと眩しく綺麗に見えた。

やがて到着したパーティ会場はホテルの一室で、立食形式になっている。大小いろいろな大きさのテーブルがランダムに配置され、オードブルから本格的な料理まで、様々な食材がいい匂《にお》いをさせて並べられていた。

雅道が正面の一段高い場所で、簡単に挨拶《あいさつ》のスピーチをするのを、未月は誇らしく思いながら見つめる。

拍手喝采《かっさい》の中、今度は別の関係者が祝辞を述べ、その間も雅道はいかにも主役らしく、すぐ近くに控えて来場者たちに微笑《ほほえ》んでいた。その背をバン、と叩《たた》くものがいる。

「いや本当にたいしたものだ。これならご両親も鼻が高いだろう」

大声で話しかけたのは、有名な国会議員だ。雅道のことだから、気安くあんなことをされたら、蹴《け》りでも入れるのではないだろうかと未月は肝を冷やす。

けれど想像に反し、雅道は唇にかすかな笑みさえ浮かべて、礼を言うかのように軽く会釈してみせた。まったくの大人《おとな》な対応を、未月はぽかんと口を半開きにして見つめる。

そんな雅道に別の方向から、美術品鑑定のテレビ番組で人気の、有名画廊オーナーが握手を求めて手を伸ばした。

雅道は唖然《あぜん》とするほどの優雅な仕草さで、その要請に応えている。無口で表情もあまり崩さないが、その分落ち着いて老成して見え、カリスマ的な神秘性さえ漂わせていた。

日頃とはかけ離れた、洗練された仕草で対応している雅道は、完全に仕事と日常を使い分けている。あまりのギャップに、未月は呆然《ぼうぜん》としてしまう。

「失礼ですが、笠嶋《かさじま》先生とご一緒の車でこられましたよね？　主催の画廊のご関係かしら？」

ふいに背後から声をかけられ、驚いて振り向くと、声をかけてきたのは黒いカクテルドレスを着た女性だった。

「いえ。……私は甥御《おいご》さんの繋がりで」

まさか誰かに話しかけられるなど考えてもおらず、咄嗟《とっさ》にそう答えると、女性の目がきらりと光ったように見える。

「あら、じゃあ、お身内の方？　それならいろいろ笠嶋先生のこと知ってらっしゃるわよね。私、先生の大ファンなの」

そうですか、と形ばかりうなずいた未月の手を、女性はぐいぐいと引っ張って、テーブルの間を縫う。

「だから、スタッフの知人にどうしても、ってお願いして連れてきてもらったんです。それでね、先生が独身なのは知っているけれど、恋人はいらっしゃるのかしら」

「えっ？　いや、そういったプライベートなことを聞かれても、私が答えるわけには」

雅道のファンと言われるとむげにはできないが、内情を話すわけにもいかない。芸能人のマネージャーででもあればともかく、未月は華やかな世界と無縁の高校教師だ。

こんな場合の対処に慣れておらず、壁際にまで連れてこられてどうすべきかと困惑していると、ふいに横からそっと肩を叩かれた。

「こんなところでなにをされているんですか、先生」

振り向くと、王子様然とした香奈目が、品のいい笑みを浮かべている。だがその淡い瞳は、女性へ向けられたと同時にひどく酷薄な、冷たい色を浮かべた。

「いやだ、ごめんなさい！　すっかりご親戚《しんせき》かなにかと思い込んでしまって」

香奈目が先生と呼ぶからには、それなりの有名画家とでも思ったのかもしれない。

勘違いしたらしき女性は、ぺこぺこと頭を下げて去っていく。

「なんですか、あれ」

雅道のファンらしいと未月が説明すると、香奈目は肩をすくめた。

「へえ。普段の家での姿を見たら、一気に幻滅するでしょうにね。雅道のやつは、結構外面がいいんですよ」

冷笑して香奈目は言い、未月にシャンパンのグラスを渡してくれる。

「そうかな？　幻滅するだろうか」

「当然じゃないですか。先生が一番よくわかっているでしょう。あいつの非常識さと、日頃のだらしのなさを」

「まあ、そうなんだけれどな」

言いはしたものの、未月の心の中ではどうも腑《ふ》に落ちない。

頭では幻滅するのも無理はない、と理解しているのだが、そうとは限らないと言い返したい気持ちがどこかにある。

と、祝辞が終わったらしく拍手が起き、ごゆっくりご歓談ください、と司会者が言うと同時に人々は動き出し、会場内はざわざわとにぎやかになった。

未月は背伸びをして、雅道の頭を人々の間から探したが、よく見えない。

おそらく、周囲に人が群がっているのだろう。すると香奈目は未月の視界を遮るように正面に立ちふさがり、会場に背を向けて、こちらに向き直る。

「先生、今日はおめかししてますね。とてもよくお似合いですよ、スーツもネクタイも」

「からかうな、香奈目ほどじゃない。まるでどこかの王子様みたいだと思っていたんだ」

この前も思ったことを正直に言うと、香奈目は珍しくはにかんだ顔をする。

そうすると、いつものなにを考えているかよくわからない笑顔より、ずっと年相応に可《か》愛《わい》らしく見えた。

「そう言っていただけると、嬉しいです。俺は服装も自己表現の一環だと思っているので、ブランドにもこだわりがあるんですよ」

「なるほど」

どうりで決まっているわけだ、と納得して、未月は視線を香奈目の背後に向ける。

「雅道……さんも、実はファッションに詳しかったりするのか？」

「まさか。あれは全身、メーカーが揃《そろ》えたものを購入しただけです。あの男に服のセンスなんかありません」

素っ気なく返す香奈目は、またいつもの取り澄ました表情に戻っていた。

雅道の話題を出されるのが、きっと面白くないのだろう。

けれど未月としては、そろそろ雅道の近くにいきたかった。

きっと周囲は著名な人間だらけで、気後れして話しかけられないかもしれないが、それでも今日は傍にいて欲しい、と雅道に言われたのだ。

ただじっと様子を見て、会話を聞いて笑っているだけでもいい。

雅道がどう振る舞い、どんな話をするのか聞きにいきたいのだが、香奈目はがっちりと未月の前を塞《ふさ》いでいる。

「ねえ、先生」

香奈目は右手を壁に伸ばして、未月の顔のすぐ横につく。

「こんなパーティ、つまらないですよ。社交辞令と挨拶と、作り笑いばっかりで」

「それは仕事の一環だから仕方ないだろう。お世話になった方々への、ねぎらいの意味もあるんだろうし。香奈目だって、芸術活動に関する知り合いがいるんじゃないのか」

本来なら香奈目の取り巻きもいそうなものだが、壁のほうを向いているせいか、誰も声をかけてはこない。

さりげなく他へいくよう誘導してみたが、香奈目はじっと未月の目を見つめている。

「俺が今夜話したい相手は、先生です」

「うん？　話なら、いつでもできるじゃないか」

「そういうことじゃありません。……鈍いな先生。それとも、鈍いふりをしているのかな」

薄く笑う香奈目の表情に、たちの悪いものを感じて、未月は息を飲んだ。

「俺は一度欲しいと望んだ人を、簡単にあきらめたりしませんよ」

「ええ？　まっ、待ってくれ、香奈目。……だってお前、俺たちのことを認めてくれたんじゃなかったのか」

未月が狼狽《ろうばい》する様子を、淡い瞳は瞬きもせずに映している。

「先生があの男の傍にいるのは、むしろチャンスですからね。いつ先生が見限ってもおかしくないですし。そういう意味では、認めていますす」

色素の薄い整った顔は知的だが、どこか退廃の翳《かげ》りを帯びていて、吸血鬼を思わせる。

怜悧《れいり》な双眸《そうぼう》が、未月の目の中を覗《のぞ》くように近づいてくるが、背後が壁では逃げようがない。

「……先生。こんな退屈な場所は抜け出して、どこかもっと、くつろげる場所へ移動しませんか」

耳元で囁《ささや》かれ、ぞくりとした震えが背中を走った、そのとき。

「棺桶《かんおけ》にでも入って、ゆっくりくつろげ。ただし、お前ひとりでな」

声と同時に、わしっ、と香奈目の茶色い頭が大きな手で背後からつかまれ、横にどかされる。ぬっと顔を出したのは、高級スーツに似合わない物騒な表情をした、雅道だった。

「痛い！　離せ、野蛮人！」

「このまま頭蓋骨《ずがいこつ》を砕かれたくなければ、とっとと失せろ」

「ぼっ、暴力は駄目だ、雅道！　離すんだ、早く！」

未月が言うと、渋々と雅道は手を離した。

「ああもう、貴様のせいでセットが滅茶苦茶じゃないか！」

乱れた髪を気にする香奈目に、雅道は会場の外を指差す。

「洗面所は出て右だ。直してくればいい」

険しい顔つきで香奈目は会場を出ていき、雅道の背後には、一部始終を見ていたらしき人々が、ぽかんとして成りゆきを見守っていた。

「それで、なんの話の続きでしたか」

くるりと振り返って雅道が言うと、笑い声が起きる。

歓談の輪の中心は先刻の場所から、未月の隣に移動した。もちろん中心とは雅道で、時折未月に、にっこりと笑いかけてくる。

未月も微笑してうなずいていると、当然のことながら、関係を尋ねるものがいた。

また誤解されないよう、香奈目の担任教師と言うべきか迷っていると、雅道があっさりと答える。

「俺の恋人です」

やめろ！　と未月は絶叫しそうになったが、冗談と思われたのかもしれない。

もしくは芸術の世界において、ゲイやバイはあまり珍しい存在ではないのかもしれなかった。特に衝撃を受けたという反応は少なく、ほお、とか、なるほど、という声の後、談笑はとどこおりなく続けられる。

なにを言い出すのかと驚いたし、大慌てをした未月だったが、胸の中にはふつふつと喜びが湧《わ》き上がってきていた。

言いたい放題、やりたい放題のいつもの雅道なら、本音をそのまま口に出すのが当たり前なのだが、なんだか今の雅道は、違うような気がしていたからだ。

正直に自分との関係を答えてくれた雅道の態度が、未月にはとても嬉しかった。

「あーあ、やれやれ、終わった終わった」

帰宅途中の車の中、雅道はせっかく綺麗にセットされた髪をぐしゃぐしゃとかき回し、ネクタイをむしり取る。

さらには窮屈だと、靴と靴下まで脱いでしまった。

「おい、車から玄関まで裸足《はだし》で歩く気か」

放り出された靴下を拾ってやりながら、未月は呆《あき》れる。

「ああ？　地面が冷たくて気持ちいいじゃねぇか、どうせシャワー浴びるんだし」

「玄関から風呂場まで、その足のまま歩いたら床が汚れるだろう」

「その程度のこと、気にすんなって」

雅道は大きくシャツの襟をくつろげて両手を突き上げ、くああ、と伸びをした。

仕方ないな、と未月は溜《た》め息をつく。

香奈目はあの後、自身のファンに囲まれて機嫌を直していたようだし、未月がフォローするまでもないように思われた。

だから今日はこのまま帰ろうと思っていたのだが、まずは自分が笠嶋邸に先に入り、タオルを持ってきて、玄関で足を拭《ふ》いてやらなくては。

ほら、と靴下を渡すと、雅道は無造作にポケットに突っ込んだ。

もはや頭はばさばさだし、シャツは引きずり出されてボタンは全開、スーツはすっかり着崩されてしまっている。

さっきまでの貴公子はどこへやら、すでに雅道は、いつもの狼男へと変貌しかけていた。

「なあ、未月。腹減った」

言われて未月は、目を丸くする。

「取り分けてもらった料理、食べていたじゃないか」

食べ方もいつもとは別人のように綺麗で、感心していたのだが。

「あんなもん、食った気がしねぇ」

「あんなもん、ってトリュフやらフォアグラやら、俺には滅多に口にできないものばかりだったのに」

未月が言うと、雅道はニッと、先刻までの穏やかな愛想笑いとは、まったく違う獰猛《どうもう》な笑みを浮かべてみせる。

「今俺の腹を満たせるのは、大根の味噌汁。それと、未月だけだ」

未月は胸の鼓動が早くなっていくのを感じながら、後部座席に自堕落に座る狼男を、改めて眺めた。

そして自分はこちらのほうが、貴公子よりも好きかもしれない、と思ったのだった。

あとがき

こんにちは、朝香《あさか》りくです。みなさまのおかげで、4冊目の本を出していただくことができました。

今回の攻め様はかなり破天荒ですので、どんな姿になるのだろうと思っていたのですが、イラストを担当してくださった佐々木久美子《ささきくみこ》先生が、ワイルドな中にも色気のある男前に仕上げてくださり、これなら受けくんが惚れるのも無理はない！　と感動しました。

素敵すぎるイラストを、本当にありがとうございました。

デザインもおしゃれに仕上げていただいたカバーをはずしますと、恒例のオマケがありますので、ぜひそちらも見てやってくださいませ。

最後になりましたが、この本を手にとってくださり、本当にありがとうございました。

またいつか別の本でお会いできるよう、願っております。

二〇一一年　十月

朝香りく

ありがとうございました。　佐々木 久美子

KAIOHSHA ガッシュ文庫

ヌードと恋と家庭訪問
（書き下ろし）
狼男が欲しがるごちそう
（書き下ろし）

朝香りく先生・佐々木久美子先生へのご感想・ファンレターは
〒102-8405 東京都千代田区一番町29-6
（株）海王社 ガッシュ文庫編集部気付でお送り下さい。

ヌードと恋と家庭訪問

2011年11月10日初版第一刷発行

著　者 朝香りく
発行人 角谷 治
発行所 株式会社 海王社
〒102-8405 東京都千代田区一番町29-6
TEL.03(3222)5119(編集部)
TEL.03(3222)3744(出版営業部)
www.kaiohsha.com
印　刷 図書印刷株式会社

ISBN978-4-7964-0239-2